莫斯科2160

MOSCOW2160

U0074674

蝸牛くも

Kadokawa Fantastic Novels

丹尼拉・庫拉金
所以，委託人的
背景呢？
絲塔西婭
你一定要再來喔。
我等你。

MOSCOW2160
CHARACTER
瑪麗亞・庫拉金
我可不會被這點小招數收買喔，丹納哥。
諾拉・庫拉金
丹納哥哥，你又要去找絲塔西婭姊姊了，對吧！

瓦列里・庫拉金
……不好意思啦，大哥。
機械也是會故障的，
就跟有血有肉的人一樣。
醫師

亞當
好了，你的目的是什麼？
艾蕾諾拉
莫斯科的暗巷也真是
愈來愈有意思了。

莫斯科二〇二一六〇

——我，很快就會死。

大概沒剩幾分鐘好活了。一分鐘？還是兩分鐘？

沒多久就會加入滿地碎肉的行列。

跟屍體沒兩樣。

畢竟「八眼」的腦袋都少了大約三分之一，「骷髏」的背脊骨以下也分家了。

其他幾個人也都相差無幾，我想一一描述只是浪費時間。

他們每個人應該都沒期望能夠善終，但沒想到酒吧油膩膩的地板竟成了他們的墳墓。

明天用拖把一拖，就下台一鞠躬了。再見啦。

只不過本來負責這個工作的酒保狀況也大同小異。可能要維持現狀個幾天了。

至於我嘛，則是躺在慢慢擴大的溫熱血灘與熱呼呼的腥臭內臟之間。

好想吐。只是想想而已。屍體是不會吐得一地的。

幹出這場好事的，是一個在成堆屍體上稱王的男人。

單手輕鬆揮舞散發硝煙的重機槍（HCB），是個跟我截然不同，肌肉壯碩的大塊頭。
簡直跟超級士兵（博加特耶爾）伊利亞．穆羅梅茨上尉沒兩樣，但跟上尉完全不像。
這傢伙的身體可不是肉體那種容易對付的玩意。
以回濺到鉻金屬裝甲上的暗紅血液，把伊里奇之燈（白熾燈泡）的燈光反射得油亮亮的那副威容。
就算是長明燈（舍申）的光輝，放在這傢伙面前恐怕也相形見絀。
這傢伙擁有鋼鐵製的機身，力氣跟火車一樣大，速度快過子彈，重量只比高樓大廈輕。
復員兵——生化士兵。與生肉可差得遠了。
這下你們知道挑釁這種人會有什麼下場了吧？
肉身的「清理人」一旦跟生化士兵正面開幹，就會變成這樣。
我，很快就會死。
反正也就剩一或兩分鐘了。趁著臨死之際回顧人生，也想不出什麼高深哲理。
既然如此，不如回想一下事情怎麼會變成這樣。
也就是——大約十五分鐘前的狀況。

◆

「你總算來啦，丹尼拉·庫拉金。」

這是對方給我的第一句話。

冷清的酒吧。客人少到被「清理人」占走空間也不會有人抱怨。

我冒著大冷天走進店內，像狗一樣打個哆嗦甩掉全身的積雪。

「所有人都到了嗎？」

「你是最後一個。」

「喔……是嗎？」

我點個頭，環顧所有人的臉孔。

真是群烏合之眾。個個都是好像能論斤賣的一流人才。我也不例外。

就連我也聽過「八眼」、「骷髏」、「勾破洞」還有「破嗓」這幾個名號。

其他幾人就算沒聽過，好歹也知道長相或傳聞。對方對我也是同樣的認知。

但是——彼此實在不是能稱兄道弟的關係。

熟面孔。想到這個貼切的形容詞，讓我滿意地走向吧檯。

我從防彈衣的口袋掏出硬幣(戈比)，自然而然地點了杯伏特加。

牆角的電視透過螢幕放大鏡，正在播著新聞。

看來我們的華沙公約組織軍，今天仍然在某個動亂地區連戰連勝。

「看了有夠鬱悶。轉台啦，看個體育比賽什麼的。」

「少囉嗦，我就喜歡這個女主播。」

沒有人對新聞內容感興趣。

今天我們的華沙公約組織軍想也知道又打了大勝仗。

然後下一個話題是關於什麼西方諸國各位人士的新消息。

那些人好像在吵環保問題還是啥的，但那就跟番茄一樣。

綠色綠色喊久了就變成紅的了。

我斜眼看著這段對話，啜飲一小口小酒杯裡的液體，問道：

「所以，目標是誰來著？」

「是個好像叫伊戈爾還是德米特里的罪犯。」

「八眼」頭上戴著他自豪的夜視鏡(PNV)這麼告訴我。

聽說是從暗殺工作的目標身上搶來的，但我猜鐵定是從其他清理人的屍體身上拿的。

「是從我們華沙公約組織軍半途榮退的大人物。活著對社會沒好處。」

「是嗎。」

我隨口應聲附和。我也不敢說自己活著對社會有好處。

這時，有人注意到了我掛在肩膀上的衝鋒槍。「用波波沙啊？」那人傻眼地說。

「這玩意兒對那些廢鐵管用嗎？」

我一邊小口啜飲伏特加一邊回答：

「我對自己的槍法沒信心嘛。」

「那這筆賞金我拿定了。」

說這句話的傢伙，武器是槍身改用防空機砲砲管，外型粗獷到過於誇張的散彈槍（KS-23）。

這武器還不賴。只不過我不想用罷了。

「要射催淚彈還是榴彈都行。這才叫做萬能武器。」

「那真是恭喜你了。」

「好吧，衝鋒槍使用起來也比較靈活啦。」

看起來閒閒沒事做的「骷髏」用牙籤剔著牙，一副行家般的表情點了個頭。

「只不過既然要用，就該用像我這種更好的型號才對。」

如此說道的「骷髏」拍拍他那把槍口底下綁了個榴彈發射器的衝鋒槍（風暴）。

槍托與榴彈發射器一體成形，彈匣向後突出，導致槍身的輪廓看起來嚴重扭曲。

「我大哥在內務人民委員部（NKVD）部隊做事，給我弄來了這個。」

明明沒人問他，「骷髏」卻笑嘻嘻地補充了一句。我跟他說：

「真是個好大哥。」

「是啊，偶爾也能幫上忙。」

不是什麼很有營養的對話。

每個人都緊張得要命，就只是這樣。我也一樣。

沒有緊張感的「清理人」第一個死。有緊張感的「清理人」第二個死。

誰都希望自己可以排後面一點。我也一樣。

「話又說回來——」我想不起來說這話的人是誰。是個正在翻閱低俗雜誌的傢伙。

這傢伙說話時看著莫斯科奧運的廣告，以及上面掛著冷漠笑容一字排開的美女寫真。

聽說頹廢藝術只存在於西方諸國。當然了。美女一點也不頹廢。

無限趨近於銀色的暗沉金髮。即使印刷粗糙依然白得像陶瓷的肌膚。冰冷的眼眸。

「莫斯科小姐真是個好女人啊。」

「人家是絕對不會甩你的啦。」

所以我也跟著起鬨。

「我女朋友也叫絲塔西婭。」

酒吧裡一瞬間變得鴉雀無聲。下一秒會發生的狀況也是老樣子。

不是槍聲的話，大多都是哄堂大笑。

「反正一定是個沒啥姿色的老太婆！」

「畢竟絲塔西婭這名字很常見嘛！」

「八眼」一邊哈哈大笑，一邊拍著我的背對我說：

「所以這是怎樣？這個絲塔西婭跟你伸手要生孩子的錢嗎？」

「不是。」我搖了搖頭。「我底下有一個弟弟跟兩個妹妹。」

「沒興趣啦。」

說得對極了。我也對別人的感情問題不抱半點興趣。

所以我聳聳肩，把心思放在小酒杯裡的液體上。

見我一口氣乾掉所剩不多的杯中物，酒保幫我再倒了一杯。

——對了，我第一次喝到的酒精是什麼來著？

記得應該是驅蟲古龍水還是什麼的。味道糟透了。

所以我隨便聽聽其他人的對話，視線無意間落在戴著的手錶上。

領航員。與加加林同赴太空的歷史先驅手錶。時針走得很精準。

「對了，『獅子』那傢伙上哪去了？」

「廁所吧？」

「他最好是能拉肚子拉死生化士兵。」

說時遲那時快。

——店門砰的一聲爆開了。

「大家好啊，一群呆頭鵝！你們死定了！」

重機槍發出尖嘯，「勾破洞」與「破嗓」化成了一團絞肉。

他們的反應速度不差，無奈來不及伸手拔出腰上的托卡列夫手槍。

「殺千刀的！」

「八眼」伸手開啟他自豪的夜視鏡，「鷹勾鼻」咆哮著用散彈槍掃射。

這種時候不用仔細瞄準的武器最實用。因為打得中。雖然也就只是打得中而已。

子彈狠狠打中站在酒吧門口的高大身影，迸出火花。也就這樣了。

下個瞬間，重機槍發出低吼，「鷹勾鼻」連同他的綽號來源一併消失。

受波及的「八眼」腦袋連同護目鏡被轟掉了差不多三成，整個人彈跳著飛了出去。

至於「骷髏」則是到現在才舉起衝鋒槍。當然了，做過鋼化結線處理的傢伙動作更快。

就在他的衝鋒槍撒出如雨槍彈的當下，隨著一陣尖細耳鳴，目標的身影消失了。

是高速轉位。這比音速還快，子彈打得中才怪。

這種尖銳的嘶吼就是生化士兵的吶喊。這些傢伙有著憂鬱（藍調）的靈魂。

記得好像有個愛學資本主義的傢伙這樣說過。那人老早就死了。

令人同情的「骷髏」像是被卡車或戰車撞到般爆開了。

當然，這期間那傢伙——親愛的伊戈爾同志仍然勤勞地甩動著重機槍。

整家店被撕成了碎片，玻璃瓶碎裂，瓶裡的酒到處飛濺，論斤賣的「清理人」被攪拌成肉泥。

可憐的是酒保連慘叫都沒機會發出，也來不及逃跑。

當然，我也一樣。

被炸飛的我摔在地板上，重重倒在成堆碎肉、內臟與鮮血之中。

——我，很快就會死。

跟屍體相差無幾。

好吧，總之就是這樣了。

◆

「盡是些窩囊廢。」

伊戈爾滿意地環顧一片死寂的店內。

無動態反應，同樣地無熱源——說是這麼說，畢竟整家店裡已經一片通紅。

連續開火的重機槍、碎肉與他經過高速轉位的機體都在冒出熱氣。

挪動具有重量感的生化義肢，伊戈爾踩爛不知屬於誰的內臟。彈殼彈跳了起來。

莫斯科的天氣很冷。

簡直像要冰封一切。舉目一片慘白、灰暗、鐵青。

即使透過鉻金屬的瞳孔來看也是如此。

跟伊戈爾以前待過的——以及現在仍然離不開的戰場有著天差地別。

「我明明只是照吩咐鬧事，現在竟然花錢找人殺我。」

不，從這點來想的話或許還比戰場好一點。

最起碼在莫斯科，人家還願意花錢殺他。在戰場就不是這樣了。

「哈、哈哈……」

帶有金屬質感的笑聲。不知是出於滿足感，自暴自棄，或是嗑了藥。也可能以上皆是。

「該死的，什麼德性啊。什麼——……哈哈哈，可惡，真該死……！」

總之不管是為了什麼，伊戈爾笑著，沒什麼特別的用意，躁動不安地轉動他的義眼。

大概是戰場上的習慣改不掉吧。疏於索敵就會死。他的眼睛無意間注意到了那個東西。

舊型衝鋒槍，波波沙。它的槍口朝著這邊——……

「你搞什麼……？」

「裝成屍體。」

我扣下扳機用波波沙狠狠射他一頓。

伊戈爾的鉻製腦袋迸出火花，他摀住臉孔大動作往後仰。

「該死！」

不知道這是在抱怨，還是在罵我。哪個都差不多。

那傢伙一手摀住臉孔，另一隻手臂猛力甩動，掃掉變成一堆廢木料的吧檯。

「你以為這樣能殺得了人嗎！有種就來啊，龜兒子！」

事實上，就算毀掉臉部的感應器，也絲毫不能降低生化士兵的威脅性。

他們是有著人類外型的攪拌機。誰敢靠近就會被撕碎，粉身碎骨。

不可以碰喔。絲塔西婭這麼說過。她總是說得沒錯。

我趁著伊戈爾把地板上那些碎肉變成紅黑色的液體時，跌跌撞撞地跑出店外。

莫斯科酷寒的冷風，即使隔著巴拉克拉瓦頭套一樣會刺痛眼睛。

畢竟我才剛死而復生。屍體是不會眨眼睛的。

回頭一看，酒吧已經憑空消失，變得簡直跟拆除工程的現場或畜肉食品加工廠沒兩樣。

就是因為你這樣亂打亂鬧，才會連漏氣般的噗咻聲都沒聽見。

我把玩著掌心裡的廉價金屬圈。

從不知是「八眼」或「骷髏」的屍體掉落的金屬蛋，現在滾到了伊戈爾的腳邊。

它叫做RGD—5，是我們祖國引以為傲的——手榴彈。

好吧，一顆大概不夠，但他們身上應該不只帶了一顆。

「沒錯。」我如此說道。「不做到這個地步就沒辦法幹掉生化士兵。」

轟隆。

◆

民警似乎沒來。好吧，這點小騷動不怎麼稀奇。

我愣愣地望著變得比原來更加破敗的酒吧。

炸得稀巴爛的肉片裡混雜了鉻金屬的顏色。腦死（平線）。

說到底有標價的獵物就只有一個，所以也只有一個人能領賞金。

別怨我了。真要說的話，我也跟你們一樣不值錢。彼此彼此吧。

我看了看冒煙悶燒的酒吧遺址。冷死了，風直往身上颳。

抬頭就能看到聳立的黑塔——奧斯坦金諾電視塔。

穿過從電視塔往四面八方延伸的蛛網般電信網的空隙，雪花紛紛飄落。

蜿蜒遍布整座城市的金屬熱水管，就像是巨人的腸子。

我打個哆嗦，轉身背對店鋪，往前走了一、兩步，又停下腳步。

「……嘖（Тьфу）。」

我啐了一聲後，腳跟一轉，快步往前走。

我繞過不知該稱為廢墟還是殘骸的酒吧旁邊。建築物本身、牆壁與窗戶都還好好的。我來到屋子後面的窗戶旁。

「喂。」

「唔，喔！」

爬出那扇窗戶——廁所窗戶的一個「清理人」，渾身震顫了一下。

是個生面孔。也不知道叫什麼名字。但是我知道他的綽號。

「你是『獅子』對吧。腸胃沒怎樣吧？」

「喔，嗯……」「獅子」用畏畏縮縮的聲音說著。「沒……怎樣。」

這傢伙跟隻瘦巴巴的野貓似的。只有大得異常的眼睛，透出詭異的強烈光彩。

綽號這玩意，不見得是對當事人的美譽。

我毫無意義地用射光子彈的波波沙對著「獅子」，決定問他一件事。

「多少？」

「咦？」

「我說我們的價碼。」

「獅子」不肯給我解答。

「饒了我！」這傢伙尖聲大叫起來。「我有家人要養！我不想死！」

「可想而知。」

沒得否定。我左右晃晃波波沙，這麼對他說：

「你走吧。」

「好……！謝謝你！……謝謝你！」

「獅子」感動萬分地再三道謝，然後一溜煙地跑掉。我不知道他要去哪裡。

我留在原地倒退了兩三步。向前跑走的「獅子」轉過身來，手裡握著托卡列夫。

那傢伙睜大了眼睛。我的右手也早已掏出了托卡列夫。我笑了。

「我不是說了我有一個弟弟跟兩個妹妹，還有個女朋友。」

不對，也許我沒跟這傢伙說過。

如果是這樣，那抱歉了。

◆

我這種人跑來這裡無異於不知天高地厚，但是去煩惱這種事只會讓人活得不快樂。

巨大的「七姊妹」最小的女兒佇立於莫斯科河畔。是一棟三十四層樓的摩天大廈。

沒有人面對它能不心生謙卑之情，所以我也不去考慮自己有多渺小。

我從只能用精緻美觀來形容的彩繪天花板底下走過，前往電梯。

「……嘖。」

我手伸進口袋，才發現防彈衣破了洞。

不知是「獅子」還是伊戈爾幹的好事。但不管是誰，都來不及求償了。

所幸硬幣沒弄掉。我把它投進電梯，用力敲下樓層按鈕。

電梯代替我爬著樓梯。我一邊感謝它，卻也有種心癢難耐的感覺。

不，即使已經出了電梯走在走廊上，我還是感到心癢難耐。

都已經站到門前，把門鈴按得叮鈴鈴作響時，我還是跟個孩子似的靜不下來。

門把轉動，房門開了。空氣暖呼呼的。有股甜香。

無限趨近於銀色的暗沉金髮。白如陶瓷的肌膚。冰冷的眼眸像是融化了一般。

「哎呀，丹納！你終於來看我了，我的寶貝！」

看到這彷彿雲間太陽般燦爛明亮的微笑，就連我也頓時感到輕鬆許多。

動聽的話語或是耍帥的說法，隨便都能想到一百萬種，但我全部拋諸腦後。

「我可以抱抱妳嗎？」

「當然嘍。」

絲塔西婭輕聲笑著，卻主動用她的手臂纏住我的手。

我走進房門，被她拉進玄關。她的臉湊近過來。臉頰染上了淡玫瑰色。

除了我還有誰知道？莫斯科小姐親吻別人時，會稍微踮起她的腳尖。

「嗯，唔……」

嘴唇交疊。呼吸吹進肺部。舌頭交纏。柔軟的肉體，對我施加令人心曠神怡的重量。

伏特加完全比不上。絲塔西婭為我冰凍的身體吹進一股溫暖。

——我，很快就會死。

我總是這麼想。而且這應該是事實。

然而就算是這樣好了。

我同時也覺得，那要再過一陣子才會化為現實。

◆

太空競賽以我們偉大祖國的勝利收場。
探測器八號在月球表面插上紅旗，美國往星戰計畫邁進。
國際紛爭頻仍，留下了大量的傷殘退伍軍人。太空技術（生化科技）開始挪用到軍事與義肢用途。
多虧於此，東西諸國的冷戰僵持了兩個世紀還不見終點。
空中飄著灰色的雪。破損的霓虹燈呈現暗沉的豐富色彩。
經過生化改造的歸國士兵徘徊於骯髒的城市底層。勞動階級躲著他們的目光艱難前行。
從塔上延伸至各處的數千電腦網路受到有關當局監視，把粗心大意的傢伙送進勞改營。
KGB、GRU外加西方間諜與黑幫暗中廝殺，收了賄賂的民警默不作聲。
在映像管照亮的新聞中，今天我們的華沙公約組織依然打了大勝仗。
有傳聞說西方諸國也正在如火如荼地進行名為紅色恐慌的獵巫行動。
人類繼續黏在地球表面，高舉著核武大眼瞪小眼。
看來自由、真相、未來與繁榮，都早已離我們遠去。
我——丹尼拉・庫拉金是個「清理人」。
作為任何勢力都能否定其存在的人才，今天繼續為城市（莫斯科）美化貢獻心力——……

重播

——鬼才會喜歡上這種女生。

我還記得，我那時是這麼想的。

壓得人喘不過氣的鉛灰色混濁天空，灰色雪片往頭上紛紛飄落。

在那個超大金屬熱水管像是巨人腸子般蠕動，宛如深谷底層的小巷。

她坐在集合住宅的門前小徑，露出寫著數字的鞋底。

年紀——大約十五歲上下，應該跟我差不多吧。

不過，我也不確定自己到底幾歲。

她看起來比我妹妹大而且更成熟，但就我看來，應該沒有我大。

剪短的微翹頭髮是淡色金髮，但被積雪弄溼了，真是糟蹋。

這害得她雪白的肌膚與玫瑰色的嘴唇，全都變得白中透紫，凍得她不禁發抖。

畢竟她那件白色連身裙還用安全別針把太大的肩膀部位固定，而且裙襬也太短了。

不知是因為怕羞還是怕冷，她時時伸出一隻手白費力氣地想把裙襬往下拉。

她那手臂更是瘦得跟小樹枝似的。但不可思議的是看起來依然柔軟且飽滿。

當然，我的模樣也令人難以恭維。

我累壞了。瘦皮猴一隻，又餓著肚子。好幾天沒吃東西了。

我拿僅剩的麵粉做成餃子，結果弟妹們立刻餓虎撲羊吃個精光。

一口都沒留給我。我喝了一肚子的水充飢，今天又在外頭跑了一整天。

掛在肩膀上的衝鋒槍重得要命。即使隔著夾克，背帶照樣陷進了肩膀。

這件夾克本身也太硬太窄，而且懷裡的手槍(托卡列夫)撞得肋骨很痛。

即使如此，她卻一直盯著我看。

長睫毛結了霜，眨個不停的眼睛發紅到令人心疼的地步。

我覺得很像雪地裡的兔子——雖然我根本沒看過兔子。

「不、不嫌棄的話……那個……要不要進來，取取暖……？」

我又冷又餓。口袋裡只有一點零錢(戈比)。

所以我跟她明講了。盡可能地粗著嗓子，態度冷淡。

「嘖……」我故意咂嘴給她看。「我身上可沒有錢。」

「啊，呃，那個……」

可是那個女生聽了，卻露出微笑——…………

◆

「那傢伙是頭豬。」我用發乾的嘴巴喃喃說道。「我才不怕他。」

我——丹尼拉·庫拉金第一次殺人，是在十歲的時候。

對方是個復員兵。而且是生化士兵，身上竟然還帶著一把突擊步槍（卡拉希尼柯夫）。

至於我手上只有一把從垃圾桶撿來的手槍。

但我只知道，不動手就會死。

那傢伙來到了我們當成窩的人孔井底。

莫斯科的地下空間廣大無邊。

做資源回收的老頭以前跟我說過，這可以追溯至七百年前某個國王打造的地下通道。

說什麼七百年，我一點概念都沒有。

後來大家就拿它建造了排水路、運河或是地下鐵和防空洞……總之諸如此類。

或許也能說是不適合放在地面的東西，全都塞到莫斯科地下空間就對了。

對我來說，重要的只有一點。

就是地下空間既乾燥，又不會積雪，風也不會灌進來。

而且這種地窖雖然到處都有，但我們鑽進去的那個是難得一見的好地點。
因為暖氣熱水管當中，通過地下空間的管線正好經過這裡。
當然有些人即使住在這裡還是會死，但最起碼不會凍死。
對於無家可歸的我們來說，這裡完全稱得上是一個家。

——但是，那傢伙來了。

那傢伙——名字忘了。我甚至根本不記得他有說過自己叫什麼。對方大概也一樣吧。
肥豬一隻，成天到晚不是喝伏特加，就是罵人、揍人或睡覺。
口頭禪是：「要不是我去打仗，你們早沒命了。」
——關我屁事。

我們是拿翻垃圾找到的廢物給老頭收購，好不容易才能餬口。
但那傢伙卻搶走我的收入，讓我們連溫飽都有問題。
而且我很清楚，那傢伙不用多久就會叫我們去當黑幫的跑腿小弟[小六]。
我才不要去替黑道賣命，就只為了讓人家賞賜他毒品。
所以當我在垃圾場找到托卡列夫手槍，發現裡面還有子彈時，我做好了覺悟。
一旦被那傢伙發現就完了。但我沒聰明到能想出作戰計畫。
所以那天，我們就配合了他一下。

花上一整天走遍每座垃圾場撿拾可能有用的廢物，撿到手指都發紅了。

我們祖國每次在某處的紛爭中打贏或是打輸，軍方就會丟出很多淘汰的機械。

就這層意味來說，那傢伙說得也不算全錯。

問題是我們也被包括在各種廢棄物之內。

沒錯不代表是正確答案，反之亦然，這些我們都親身領教過。

我們就這樣撿來了滿滿一紙箱的金屬等等，拿去賣給老頭。

老頭秤重後，付給我們一點點戈比。

我知道我們被占便宜了。

但老頭也不是大發利市，況且對我們來說也夠用了。我沒有怨言。

我們把戈比放進空罐，拿出一點點塞進衣服裡藏起來——鑽進洞裡。

在人孔井底的深處，我們搬到熱水管旁邊的沙發，就是那傢伙的王座。

那傢伙故意露出閃著機油油光的雙臂，身旁總是擺著卡拉希尼柯夫突擊步槍以及伏特加酒瓶。

然後那傢伙看都不看我們恭敬交出的空罐，喝了酒之後這麼說道：

「好，你們幾個把衣服脫了。」

當然，我們也知道他會這麼說。

但是就算乖乖交出所有錢，那傢伙還是會說「你們絕對有偷藏」並對我們飽以老拳。
既然都要挨揍，能一拳了事比較好。
而且在把女生扒光時，那傢伙總是喜歡慢慢來，半天不肯結束。
「等不及看妳們長大了。」
等到全部結束後，他那滿是汙垢的臉會笑得很邪惡，並附帶這句話。
所以我去把錢拿給他，任由他揍我，讓頭撞在地板上。
被整塊金屬重擊這麼一下，連腦中都會一瞬間變得漆黑一片。
然後會像全身被甩來甩去般搖搖晃晃，地板與天花板都顛倒過來。
那傢伙看到我匍匐在地，鼻子哼了一聲後抓起伏特加酒瓶往嘴邊送。
一定是以為我們不吃不喝也能活吧。
我不用糾正他的錯誤。今天這一切就要結束了，所以就忍忍吧。
我偷看他一眼，垮下肩膀，無精打采地爬出人孔。
外頭正在下雪。總是在下雪。而且在颳風，很冷，很快就要入夜了。
「到今天就結束了。」
我在洞口外面，對著一邊冷得牙齒喀啦喀啦地打顫一邊穿衣服的兩個女生這麼說。
兩個女生都是黑髮，就像雙胞胎一樣相像，但類型完全不同。

一個是早熟的長髮女生，她用力緊咬嘴唇，一語不發地盯著我看。
另一個短髮的哭哭啼啼，但一看我從口袋拿出糖果就破涕為笑。
她們不想在人孔井裡讓那傢伙看著換衣服，才會爬到外頭來穿。
她們冷到哭出來，一哭就更冷了。臉上也結了霜，都已經面無血色了，卻還是紅通通。
我實在看不下去，才會給那個短髮女生糖果。
——本來是想留到最後再吃的。
我在撿來的低俗雜誌上，看過漫畫是這麼畫的。
我不識字所以看不懂劇情，但那不重要。
誰都知道封面的英雄人物是超級士兵，伊利亞．穆羅梅茨上尉。
穆羅梅茨上尉那天大概又是在打壞蛋，不外乎就是西方諸國的間諜之類吧。
然後在闖入基地到處開槍之前收起一根菸，打贏了之後才抽。
所以我本來也想有樣學樣，如果成功撐過今天的話就要吃顆糖。吃珍藏起來的這顆。
可是她哭成這樣，要是被那傢伙發現就前功盡棄了。這是不得已的。
「抱歉，那是最後一顆了。」
對著默默盯著我看的長髮女生，我小聲替自己找藉口。
「如果順利的話，明天幫妳也買一顆。」

「……嗯。」

長髮女生輕輕點了個頭。

順利的話。順利的話，至少可以賺到一盧布。好歹買得起一塊白麵包。

要是還有找零的話，可以留點戈比買兩三顆糖。順利的話。

「……不過，假如我失敗了，你們就快逃。」

接著我對另一個流鼻涕的男生這麼說。

這小子不知道有沒有聽懂我的意思，吸吸鼻子回答我。

我呼了口氣。

三個人都差不多五歲——至少肯定比我小。

我跟他們三個，就是目前留在這個洞裡的小孩了。

本來還有更多小孩的。有比我大的傢伙，也有比我能打的傢伙。

可是，大家都逃走了。

大概是怕挨那傢伙揍吧。生化人的一拳可是很痛的。

即使我撿了把槍回來，他們還是膽怯地說「太危險了」或是「萬一失敗的話怎麼辦」。

結果，他們也都跑光了——算了，反正他們也沒去告密，沒什麼好生氣的。

可是剩下的幾個孩子當中，就屬我年紀最大，所以決定由我來。

我從人孔旁邊高高堆起的垃圾山當中，拖出一個瓦楞紙箱。

裡面塞了個用報紙包起的東西，剝開報紙，一個鐵塊掉到我的手心裡。

托卡列夫。

我模仿穆羅梅茨上尉拉動槍機，發出清脆的聲響讓子彈上膛。

手槍又黑又重，我的手好像快拿不動了，也不知道能不能開槍。

但它是我唯一的武器。所以它是全世界最棒的槍。

──問我失敗的話怎麼辦？

「……盡力而為吧。」

我喃喃自語後，再度鑽進剛剛才走出來的黑暗之中。

那傢伙是頭豬，我才不怕他。我這樣告訴自己。

──不過，豬整天真的只會吃飽睡，睡飽叫嗎？

我完全沒概念。但是最起碼我覺得那傢伙就是那種生物。

至於被那傢伙欺壓的我又算什麼，就不去深思了。

──無論成敗，一切都到今天為止。

這麼一想，在下水道前進的腳步也變得輕鬆了點。

彷彿以磚塊與水泥拼湊而成的下水管內，既寬敞又狹小。

因為裡面太暗了，看不清楚。就連我呼出的白霧都看不見。

但那傢伙待著的水管有電燈。況且我來回過無數次，不會迷路。

我謹慎地前進，以免不合腳的鞋子發出聲響。

緊握著的托卡列夫很重，手指好像膨脹了兩倍似的，手很僵硬。

我悄悄窺探地窖。

那傢伙——就跟平常一樣。

整個人陷進彈簧外露的沙發，不知道是睡著了還是醒著，眼睛對著半空中。

一隻鋼鐵製的手裡握著卡拉希尼柯夫。另一隻手握著伏特加酒瓶。這也跟平常一樣。

那傢伙大搖大擺地窩在我們千辛萬苦收集來的廢棄家具之間。

我往他走近一步。

那傢伙口中唸唸有詞，像是在夢囈。

我往他走近一步。

那傢伙的腦袋沉重地歪向一邊。

我再往前走一步。

那傢伙仍然沒看向我這邊。

我——我強迫自己抬起了手臂。

我沒膽靠得更近。但是，也沒膽再往後退。

穆羅梅茨上尉單手就能輕鬆連續開槍，但我看我沒那本事。

托卡列夫很重，我的喉嚨發乾刺痛，實在不覺得能把手槍舉直。

即使如此，我還是慢吞吞地勉強舉起手槍，把手臂伸得筆直。

雖然手臂抖個不停，但我仍謹慎地瞄準，把準星對準他——……

「你在幹嘛……」

我開槍了。

巨大的「啪嘰」聲響起，我被打飛出去，只聽見伏特加酒瓶摔碎的聲響。

「混帳，你死定了！」

實在稱不上幹得漂亮。

我幾乎是不假思索，跌跌撞撞地向後跳進那傢伙吃完亂丟的垃圾堆裡。

「嗚，啊……！」

左臉頰像是被火燒一樣痛。被生化人用蠻力丟過來的玻璃瓶割傷了。

但是我連感謝眼珠子沒被刺瞎的閒工夫都沒有。

沒把托卡列夫弄掉只能說是奇蹟。

我用力握緊手槍，忙著在地上爬，跌進了水泥管裡。

運轉聲有如低吼。強風呼嘯吹過頭頂。那傢伙用蠻力向我揮拳了。
雖然又聽見了某種東西碎裂的噹啷聲，但我沒多餘精神去在意。
我只能握緊托卡列夫，站起來試著把槍口對著那傢伙。
「你這混帳……！」
卡拉希尼柯夫的槍口瞪著這樣的我。
那傢伙用可比機械的精準度，拿起國王權杖對準了我。
「啊啊……！」
我的手幾乎是反射性地扣下了扳機。
手臂隨著巨響往上跳。眼睛被強光刺痛。把槍機拉回再開一槍。再開一槍。我開槍了。
直到右手拇指痛得像是快要斷掉，我才發現扳機扣不動了。
「痛，嗚……！」
我陣陣發麻的手握不住托卡列夫，它噹啷一聲掉在地上。
這才發現拇指根部被挖出了一大道裂口，正在淌著血。
是我握槍的方式不對，被托卡列夫後退的槍機割傷了。
「──────」
我護住右手，呆愣地望向那傢伙。

那傢伙右眼底下開了個洞，向後靠在沙發椅背上。
在他的背後，牆上與地板擴散著一片像是打翻了甜菜汁的暗紅汙漬。
鋼鐵雙手嘰嘰作響，詭異地痙攣，重複著握拳又張開的動作，但是——……
「——……死了……？」
似乎……是這樣。
老實講，我搞不太清楚事情是怎麼發生的。
我用左手撿起再也無法射擊的托卡列夫，毫無意義地握緊它。
我輕手輕腳地避開顫動的卡拉希尼柯夫走上前去，仔細觀察那傢伙。
那傢伙就跟一開始一樣仰望著半空，舌頭癱軟地從嘴角伸出。
他死了。錯不了。不知道是第幾發的托卡列夫手槍子彈，轟掉了他的大腦。
但是，我不明白自己為什麼還活著。
我用力擦拭臉頰，握緊右手試著忽視它發出的陣陣抽痛。
然後我緩緩轉頭，才知道那傢伙瞪著的東西是什麼。
「……水管。」
是熱水流經的水管。
它橫躺在我剛才站著的位置。

否則一個生化復員兵，不可能殺不了一個十歲小鬼。

那傢伙舉起了槍想瞄準我，但注意到賴以維生的水管，結果我先開了槍。

這玩意把我害成這樣，卻也救了我一命。

——然後，那傢伙死了。

我——則是不知所措，愣愣地站在他面前。好像是這樣。

之所以說好像是，是因為我以為我沒發呆到超過一分鐘。

可是兩個女生帶著男生過來，戰戰兢兢地察看情況，說他們發現我呆站在原地。

至於我更是等到黑色長髮的女生拉扯我的袖子，才終於回過神來。

她緊咬嘴唇，眼角噙著快要奪眶而出的淚珠。

黑色短髮的女生搞不清楚狀況，只顧著嚎啕大哭，男生也在哭哭啼啼。

所以——所以我才會想到，應該做點這種時候該做的事。

「……嘖。」

我啐了一聲，第一步先動手從那傢伙手裡搶下卡拉希尼柯夫。

只要把這玩意賣給老頭——最起碼賺到的盧布夠買明天的麵包與糖果。

那傢伙死了，但總之我還活著，這幾個小鬼也還活著，所以需要吃東西。

這點沒有任何改變。

但是從這天起，我學到了幾個教訓——也就是知識。

其一，生化士兵也會死，所以生肉更容易死。

其二，槍口不要對著自己不想打的東西。

◆

後來，我就像是一路向下沉淪。

畢竟只有第二天，能讓我沉浸在山中無老虎，猴子稱大王的心情中。

因為收拾掉那傢伙之後不到一星期，黑道的打手就開始在附近徘徊。

我沒蠢到以為跟那幫人槓上還能活命。

但如果去當那些罪犯的小弟，等於是回到之前的生活。

兩者我都敬謝不敏。既然如此，該做的事就只有一件。

我費勁地把托卡列夫的槍機推回原位並塞進褲腰，對打手說道：

「那傢伙不知去哪裡了。所以這地窖歸我管。」

好吧，也不算撒謊。

事實上，我也不知道那傢伙的身體後來怎樣了。雙臂與卡拉希尼柯夫被我賣給了老頭。

另一點值得慶幸的是，那幫黑道分子的日子似乎過得比那個復員兵好。

他們或許沒閒到會想把幾個小鬼趕出去，自己霸占人孔。

總之不管怎樣，「是喔。」黑幫的年輕打手（小夥子）用鼻子哼了一聲，這麼說道：

「想要工作的話，跟我講一聲。我找事情給你做。」

我認為這類善意應該誠心接受。

黑幫永遠有數不盡的紛爭，一天二十四小時都在追殺某某人。

只要有人來問我：「你有看過這個人嗎？」我就到處找人，賺跑腿費。

起初我找到人都會老實報告，拿到了盧布紙鈔還樂得很。

但老頭看我這樣卻笑著說：「你真笨。」讓我很生氣。

「不是啊，如果一隻獵犬找到獵物，卻搖著尾巴去告訴其他獵犬，豈不是白痴一個？」

被他這麼一說，確實有理。

與其當獵犬的跑腿小弟不如當獵犬，當獵犬不如當獵人感覺更好。

再說了，比起偷襲睡夢中的生化士兵，做這行生存的機會好像還高一點。

對第二個人下手時還有點緊張，但至少這次沒笨到被槍機割傷手。

到了解決第四個時，我開始懂得稍微瞄準一點以節省子彈。

等到做掉超過十個人時，我才終於知道這個行業叫做「清理人」。

什麼都幹。什麼都收拾。明天的勞動英雄就是你。
我就這樣掙錢買食物，辛勤地把弟妹們餵飽。
畢竟在留下的孩子們當中，我是最大的一個，也只有我記得自己的姓氏。
我不想一個人吃香喝辣，像那傢伙一樣當自己是大王。
後來大家開始叫我一聲大哥，甚至開始自稱庫拉金。
瑪麗亞．庫拉金、諾拉．庫拉金、瓦列里．庫拉金……就這樣。
「丹納哥。」
一回神才發現我已經十五歲，被一頭黑色長髮的瑪麗亞搖醒。
當年被我弄得紅紅髒髒的沙發，早就從廢物堆積場換來了更好的一張。
本來覺得睡起來超舒服，但習慣了也沒什麼，露出的彈簧總是頂到背脊。
害得我最近似乎沒睡過一場好覺。
「……怎樣？」
我微微睜眼坐起來，骨頭隨之發出啪嘰啪嘰的討厭聲響。
「諾拉還有瓦列里說他們餓了。」
瑪麗亞從來不替自己要任何東西，但讓那傢伙帶有期待的臉頰都凹陷了。
「不是有麵包嗎……」

「……昨天都吃光了——」

我惡狠狠地瞪向客廳。瑪麗亞抖了一下縮起身子。

諾拉與瓦列里一臉可憐的樣子蹲在牆角。

混濁的眼睛望著我。那種眼神會讓我心情變壞。

「嘖……等我一下。」

我看都不看滿十歲的妹妹一眼，擺著臭臉走到了廚房。

廚房——我們勉強搬了些廚具放在一根水泥管裡，如此稱呼它。

我從拆掉一兩塊磚頭做成的儲藏庫裡，拖出結凍的餃子。

即使只是沒餡的小麵團，只要形狀接近就是餃子無誤。

我在鍋子裡裝雪開火燒融煮開水，然後把餃子丟進去。

鉻鎳合金的電熱線一直沒變色。我瞪著它，催促它快點燒紅。

在等鍋子裡的東西煮好時，我大口喝著水讓空蕩蕩的肚子安靜下來。

然後撈起餃子倒進盤子裡，再隨便淋點斯美塔那酸奶油上去。

斯美塔那最棒的一點，就是不會壞。不知道擺了幾個月就是了。

「好啦，快吃。」

「耶～！謝謝丹納哥哥……！」

一頭黑色短髮的諾拉現實得很，破涕為笑後像隻貓一樣跑過來。

我甩掉纏著我玩鬧的她，把盤子端到桌上後，坐到了沙發上。

「謝謝大哥。我真的餓扁了……！」

瓦列里講得很過意不去，但仍抓起湯匙把餃子塞得滿嘴都是。

瑪麗亞最後一個到餐桌旁坐下。

她客氣地把盤子裡的餃子舀到嘴邊，但手頓時停住，往我看過來。

「那個，丹納哥哥……」

「……我不用了，你們吃吧。」

看到我揮揮手，她猶豫了片刻後，一口把餃子吃下去。

然後就沒人說話了。大家專心吃著飯，狼吞虎嚥到只差沒連盤子都吃下去。

比起這種事，我得去賺錢買麵包與麵粉才行。

——但是怎麼賺？

這就是問題所在。

不用說，「清理人」要有需要清理的東西才有工作。

雖然黑道分子從早到晚打打殺殺，但也有喘息的時間。

最起碼在這段時期，他們會放過十五歲小鬼能用托卡列夫做掉的小混混。

倒楣的是老頭也在前陣子醉倒在路邊死了。

直到失去後我才知道，一個值得信賴的買家有多寶貴。

多虧於此，像我這種不識時務的小鬼就倒大楣了。

我坐在沙發裡不動，看著以前掛過卡拉希尼柯夫的那個位置。

——我是不是不該買下這玩意？

可是，我無論如何都需要一把衝鋒槍——至少買它的時候是真的需要。

那時我覺得差不多該考慮到對付生化士兵的狀況了。

要不是買了它，就算不去對付生化士兵，大概也還能勉強餬口吧。

現在有了它，搞得我非得去對付生化士兵不可。

反正不管怎樣，能買的東西就該把握機會買下來，等不了下一次。

——現在也是，等不了了。

「喂，瓦列里。」

被我這麼一叫，瓦列里肩膀抖動了一下，抬起對著盤子的臉。

「事情做完了沒？」

「做完了，大哥。」我的弟弟舔了舔被蝸簧弄傷的拇指。「子彈都裝好了。」

「Да（拿去）！」瓦列里朝氣十足地舉起一塊圓板狀的金屬。

我完全沒概念這玩意為何會被叫做彈鼓。這玩意怎麼看都像個罐頭，不然就是圓盤。

「好。」

我從沙發上站起來，走到用廢料組裝成的餐桌旁，從瓦列里手中接過彈鼓。這玩意裡塞了足足七十發跟托卡列夫相同的子彈。光是這些就要一筆錢了。美中不足的是填彈時如果出錯，裡面的蝸簧可能會彈開來打到手指。

我穿起掛在一旁的夾克，替波波沙裝上彈鼓，掛到了肩膀上。然後把比那天撿到的像樣許多的托卡列夫，藏進夾克內側。

最後抓起幹活用的頭套，塞進了口袋裡。

瑪麗亞與瓦列里都沒說什麼。什麼都沒說，只是看著準備出門的我。

我發出不知是第幾次的「嘖」，走向外頭。

「丹納哥哥，慢走！祝您打獵一無所獲！」

不知道到底懂不懂狀況，諾拉開朗到讓人火大的聲音從爬出下水道的我背後傳來。祈求失敗才不會引來惡靈。所以我也不能老實回答。

「下地獄吧。」

可是我的口舌靈活得很。

◆

——當時的我，連ＫＧＢ與ＧＲＵ都分不太清楚。

雖然現在也沒多清楚，至少我知道ＫＧＢ是祕密警察，ＧＲＵ則是軍事情報機構。

可是兩邊做的事卻大同小異，所以總是在互搶飯碗。

而糟糕的是，我盯上的目標是ＧＲＵ——而且還是前特種部隊人員。

不過，其實我對這些毫不知情。

以為只是個落魄軍人變成罪犯，不過就是個生化士兵。

如果是這樣，那我以前也殺過。

Капуста（白痴一個）。

就算不是這樣，也該知道酗酒毒蟲跟某某黑幫的保鑣不可相提並論。

真要說的話，好歹想想這人長相與藏身處都曝光了，卻沒人去對付他的理由吧。

可是，這個目標對當時的我來說太誘人了。說穿了就是值錢。

我盡我所能做足了準備，像個獵人那樣，謹慎地慢慢靠近那傢伙的窩。

伊凡——也可能是伊戈爾、阿列克謝或鮑里斯——有個老相好。

而且聽說每隔不到兩天，伊凡就會去找那個女的。

我躲在垃圾桶後面瞪著伊凡集合住宅住處的窗戶，動腦思考。

要下手的話，就趁去程，或是回程。

——去程好了。

趁他興致勃勃急急忙忙，等不及要去見女人的時候下手才好。

抱歉要讓伊凡白高興一場了，但我的胃也在不高興地低吼著表示贊成。

為了以防萬一，我像個想儘量找溫暖的地方睡覺的小孩，在那條暗巷裡徘徊。

看夠了之後，我從口袋裡拿出頭套戴上，往下拉到蓋住下巴。

這才發現波波沙的背帶陷進肩膀，痛得要命。

我把波波沙丟進了垃圾桶裡。結凍的皮羅什基還是什麼東西的臭味頓時揚起。

然後我雙臂抱胸，全身簌簌發抖靠著牆壁——等待時機來臨。

我毫無意義地抬頭一看，越過屋頂，可以看到一座巨塔聳立在莫斯科北部。

奧斯坦金諾電視塔。

只要人在莫斯科，不用特別費心就能找到這座世界不知第幾高塔的所在位置。

因為從塔上，電信線就像外露的腸子那樣聯繫了整座城市的終端機。

而且時時監視著我們。

大概現在也正在看著我吧。

我把雙手縮進袖子裡，雙臂抱胸。牙齒幾乎要凍得打顫。肚子咕嚕咕嚕叫。

我沒戴手錶。不知道該等多久，也不知道等了多久。

吵著跟我要的是諾拉，還是瑪麗亞？大概是諾拉吧。

諾拉總是很聒噪。瓦列里油腔滑調。瑪麗亞則是默默地盯著我看。

肚子好餓。我想要那個。這個不夠了。丹納哥。大哥。哥哥。煩死了。

「你們以為是誰……」

我咬緊了牙關。我在這種地方做什麼？好冷。肚子好餓。

讓我恨不得宰了素未謀面的伊凡，想到受不了。

所以當我在玄關看到只看過傳真電報粗糙印刷的臉孔時，我的動作相當快。

「你好啊，臭鐵罐！」

但是伊凡的動作快如閃電。

我猜——我是後來看到有個傢伙動作跟伊凡很像，所以才猜到的。

我想這傢伙大概是把手塞進了上衣領口，從中拔出小刀準備動手。

我才說完「你好啊」這個動作就完成了，這時我才終於舉起托卡列夫。

當然，在我看來那傢伙手上就像變魔術般出現了一把小刀。

當下我覺得那把彈簧刀怪怪的。其實這麼想也沒錯。

剎那間，只聽見某種東西啪地一下彈開的聲響，小刀刀刃**猛地飛來**。

之所以沒射中，也沒什麼祕密。是因為我以為伊凡要開槍，就翻滾著躲開了。

假如我沾沾自喜地以為奪得先機用托卡列夫射他的話，大概已經死了。

但是這裡沒有伊凡當成命根子的熱水管。所以我躲開了。我因此撿回了一命。

小刀刺進背後的水泥牆，牆上迸出裂痕，瓦礫紛紛掉到我的頭上。

垃圾箱發出喀啦喀啦的聲響往旁邊倒下，伊凡用義眼瞪著我。

「你這小鬼，給我滾！」

我並不想這麼做，但逼不得已只能扣下托卡列夫的扳機。

子彈啪嘰一聲射進集合住宅的牆上，伊凡不見了。

耳朵裡的尖細聲響，想必是這傢伙高速轉位的運轉聲吧。

我明知這麼做是白費力氣，仍撲進了倒下的垃圾桶後面。

我把手伸進垃圾裡，在軟爛觸感的深處摸到了硬物。

我握緊它。那傢伙降落在地上。我扣緊扳機。

原來開槍射穿輕薄的馬口鐵，會發出震耳欲聾的巨響。

不考慮後果與得失狂撒一通的波波沙子彈，填滿了整條窄道。

初次體驗的閃光、巨響與衝擊力，把我的腦袋與身體猛搖一通，讓我搞不清天南地北。

等到吐出七十發子彈的波波沙打了個嗝，我才終於呼出一口氣。

混雜在降雪與排煙之中，小巷裡充斥著黑火藥的臭味。

集合住宅的牆壁被打得千瘡百孔，窗戶也稍微破了。

其他居民之所以不吵不鬧，想必是因為這種事只是家常便飯。

我搖搖晃晃地站起來，瞇起眼睛想勉強看見煙霧後方的狀況。

在被攪成爛泥的皮羅什基後面，躺著一團跟它們很像的碎肉。

不是比喻，要是你把機械、人肉與骨頭攪勻了就會變成這樣。

但還是有保留一個人形，而我也看出了這就是伊凡。

——所以我才會那麼想要波波沙。

我用夾克的袖子，擦擦被不明髒汙弄得黏糊糊的衝鋒槍。

子彈顯然已經射光，於是我把背帶掛到肩膀上，舉起托卡列夫。

我朝著疑似伊凡的碎肉開了一槍。沒有反應。

「……就這樣了嗎？」

當然，也沒人回答。

請不要以為我殺他很簡單。我要是沒殺掉他，現在死的就是我。

這時我才發現，我的上衣與帽子底下都溼了一片。
我喘不過氣來。很想當場蹲下，大吐一場。
不是因為我殺了人。這還用說嗎？是因為我以為自己沒命了。這也是不言自明的事。
我悄悄靠近倒地的伊凡。伊凡不管怎麼看都死透了。
不知道七十發當中有幾發打中這傢伙，又是哪一發造成了致命傷。
不確定他是沒想到小孩會持有衝鋒槍，還是徘徊街頭的生活讓機體老化了。
也有可能真的是準備去見女人，開心到昏頭了。或者以上皆是。
但我很清楚，生化士兵也是會死的。
比起這個，我更擔心的是報酬扣掉七十發子彈的錢之後還剩多少盧布。
然後想到其中有多少會被弟弟與兩個妹妹搶走。
想到我還要過多久這樣的人生。
我扯掉頭套，用手臂粗魯地擦了擦臉頰與眼睛，然後反覆眨了幾下眼睛。
這時，我的腳踢飛了某個東西。
我把它撿起來，發現那是個漂亮的布面小盒子，只可惜開了洞。
打開一看，裡面收著一枚戒指，上面的寶石比小指指尖還小。
我想了一下之後，蓋上蓋子，把它塞到伊凡的遺骸後面。

大概是因為……我只對這傢伙的價碼感興趣吧。

除此之外，我並不想偷走什麼。

◆

後來，我一路飛奔。

萬一哪個白痴開始主張「是我下的手」那可吃不消。

我二話不說衝進公共電話亭。

然後在口袋裡翻找。指尖碰到了少許硬幣的觸感。好耶。

我把戈比投進穩穩擺在亭子中央的銀色機台，轉動中間的轉盤。

右上方的揚聲器響起叮鈴鈴的聲響，接著是黑幫老二（旅長）的聲音。

『怎麼了？』

「我殺了伊凡。」

『誰？』

「我是丹納。」我對著角落的麥克風咆哮。「丹尼拉・庫拉金。」

『我不是問你。』聲音聽起來很不高興。『哪個伊凡？』

「保鑣。」我補充說明。「一百盧布。」這個價碼彷彿能買下全世界。

『幹得好。你明天來拿錢。』

然後噗滋一聲，通話結束了。這個老二一定會在明天之前查證清楚吧。

這下明天就有錢了。在那之前還是沒錢。

——嘖。

我啐了一聲，肩膀掛著波波沙跑出電話亭。

你讓殺掉一個幫派保鑣的屁孩「清理人」站在現場附近看看。

鐵定會被圍毆，能有個全屍就算走運了。

我左奔右跑，在小巷裡跑到喘不過氣來，然後扯掉頭套。

不對，我本來想扯掉的，但頭套早就塞進口袋裡了。

我呼出一口氣。

在狹窄水泥建築的空隙間，霓虹燈閃著強光，灰雪飄降。

在這一切之中，為什麼我非得跑到這樣氣喘吁吁的？

等我一路跑到高爾基大街，才心生疑問而停下腳步。

雖然已經快要天黑，但霓虹燈驅走了黑暗。

「口袋放映機　旋轉電視機　一九七〇一〇二四　探測器八號登陸月球。」

「喂，有人掉了怪東西。」

「各位勞工，快來買廉價的麵包！任何麵包都能在農產品加工企業聯盟買到！」

「紡織產業部有好消息告訴各位女士！為您送上完美又衛生的尼龍絲襪！」

「私釀酒會送您進墳墓。請喝正規酒廠釀造的安全合法酒類！」

「最先進積體電路（LSI）遊戲！伊利亞・穆羅梅茨上尉將粉碎資本主義者的陰謀！」

「頂級健康美味的冰淇淋。通過GOST（國家標準認證）！」

「美乃滋是適合搭配任何食物的萬能調味料。空瓶可以拿到零售商店進行回收。食品產業部。」

沙沙作響，不帶感情的合成語音宣傳詞句，與刺眼亮光的廣告內容混合成為濁流。

我只聽得出聲音。光是這樣，就快要讓我頭暈目眩。

這條與克里姆林宮相連的街道，總是人聲鼎沸。

塞滿了食物、衣服、酒以及其他娛樂。

所以也有很多——大家都知道的——民警在暗中監視。

我只要再踏出一步就能進入高爾基大街，卻停下了腳步。

我沉默不語，注視著讓眼睛痠痛的光彩與人潮。

然後轉身背對這些，跑回巷弄之中。

雪下得令人心煩，吸入肺部的空氣銳冷如刀。

即使如此，我還是覺得比走進那個鬧區要來得好多了。

然後在我逃進去的巷弄——有一群女人。

那裡是鬧區的背面，只不過隔了一條街，這條巷子令人難以置信地安靜且空蕩。

好幾棟冷清——但比我的巢穴舒適多了——的集合住宅林立。

女人三三兩兩地在住宅各處或站或坐，各自消磨時間。

我也不是笨蛋。

好歹還知道她們正在從事「不存在於我們祖國電視上的」工作。

就跟「清理人」一樣。或者是跟我一樣。

無論如何卯起來排除於映像管之外，都不可能真的消失。

但總之就是眼不見為淨，真夠蠢的。

就這樣，她們被屏除在電腦網路、映像管、文章與站前之外。

我雙手插在口袋裡，沉默地走過那條街。

無論到明天之前怎麼度過，剩下這幾枚戈比全都是我的。

就算明天到手的盧布會被一掃而空，現在這些錢就是我的。

所以，沒錯——我原本絲毫無意駐足。

「那、那個……」

——鬼才會喜歡上這種女生。

我還記得，我那時是這麼想的。

壓得人喘不過氣的鉛灰色混濁天空，灰色雪片往頭上紛紛飄落。

在那個超大金屬熱水管像是巨人腸子般蠕動，宛如深谷底層的小巷。

她坐在集合住宅的門前小徑，露出寫著數字的鞋底。

年紀——大約十五歲上下，應該跟我差不多吧。

不過，我也不確定自己到底幾歲。

她看起來比我妹妹大而且更成熟，但就我看來，應該沒有我大。

剪短的微翹頭髮是淡色金髮，但被積雪弄溼了，真是糟蹋。

這害得她雪白的肌膚與玫瑰色的嘴唇，全都變得白中透紫，凍得她不禁發抖。

畢竟她那件白色連身裙還用安全別針把太大的肩膀部位固定，而且裙襬也太短了。

不知是因為怕羞還是怕冷，她時時伸出一隻手白費力氣地想把裙襬往下拉。

她那手臂更是瘦得跟小樹枝似的。但不可思議的是看起來依然柔軟且飽滿。

當然，我的模樣也令人難以恭維。

我累壞了。瘦皮猴一隻，又餓著肚子。好幾天沒吃東西了。

我拿僅剩的麵粉做成餃子，結果弟妹們立刻餓虎撲羊吃個精光。

一口都沒留給我。我喝了一肚子的水充飢，今天又在外頭跑了一整天。

掛在肩膀上的衝鋒槍重得要命。即使隔著夾克，背帶照樣陷進了肩膀。

這件夾克本身也太硬太窄，而且懷裡的手槍(托卡列夫)撞得肋骨很痛。

即使如此，她卻一直盯著我看。

長睫毛結了霜，眨個不停的眼睛發紅到令人心疼的地步。

我覺得很像雪地裡的兔子——雖然我根本沒看過兔子。

「不、不嫌棄的話……那個……要不要進來，取取暖……？」

我又冷又餓。口袋裡只有一點零錢。

所以我跟她明講了。盡可能地粗著嗓子，態度冷淡。

「Тьфу(噴)……」我故意啐給她看。「我身上可沒有錢。」

「啊，呃，那個……」

可是那個女生聽了，卻露出微笑……

「你的錢跟我的錢，加起來……可以煮加了一點點料的羅宋湯。」

——這麼說了。

我停下腳步，想了想伊凡的事。

「先聲明。」我說了。「我連做機械化手術的閒錢都沒有。」

「……」

「之後別來找我哭。」

「嗯。」

她安心地呼了口氣。我看著它凍結發白。

「只要不要對我動粗就好……」

「……」

口袋裡這些是屬於我的戈比。到了明天還會拿到盧布。

這是我的錢。無庸置疑，都是我的錢。

「……嘖。」

我和她一起走進了好像隨時會倒塌的集合住宅。

想想除了清掃以外，我還從來沒踏進過這種地方。而且還是跟女孩子一起。

但我對這間屋子的格局，以及什麼東西放在哪裡卻簡直瞭若指掌。

因為莫斯科的集合住宅只有少少幾種房間，以及少少幾種門鎖。

房間很小。就是間只有床以及盥洗室大小廚房的小屋子。

但牆角設置了一個小爐子，上面放了個熱水器（茶炊）。

「這不是我的屋子。」她害羞地微笑。「不過，這是我自己買的。」

我才懶得管那些。我把戈比硬塞給她。

那個女生眨眨眼睛之後，冰冷的臉頰染上淡淡紅暈握緊硬幣，點個頭。

「請……吧……？」

那是我第一次接吻，第一次擁抱女生。

她似乎不知道該怎麼做，而我也半斤八兩。

也不知道乾巴巴的**二號產品**要怎麼戴，最後是她用舌頭舔溼的。

然後我跟羞紅了臉的她，好不容易才把它戴上而沒弄破。

我還是第一次搞得這麼尷尬，但比起那之後的狀況根本不算什麼。

我從來不知道，女生是這麼柔軟且溫暖，而且還有股甜香。

聽說她們天天洗澡，我想一定是真的。

然後，那是第一次有女生在床上告訴我她的名字。

絲塔西婭。

她在我身下像小貓一樣扭動身子，呢喃著如此告訴我。

一邊感覺到纖瘦手臂繞過我的脖子，指甲陷進肉裡，我也對著紅通通的耳朵說出了我的名字。

我從來不知道，把自己的名字告訴別人是這麼溫暖的一件事。

丹納，丹納。她微微震動，渾身顫抖，發出斷斷續續的模糊叫聲。

我拚了命只想宣洩。呢喃著「不可以，不可以」的聲音則跟我相反。

但是即使如此，我並沒有失去理智。我咬緊牙關，顧不了其他事情。

因為說好了要溫柔待她——儘管我不知道怎麼做才算溫柔——這是約定。

一切宛如夢境。

當我醒來時，我還是這麼覺得。以為作了場美夢。

因為臂彎裡只有女孩子殘餘的體溫與體重，她已經不見人影。

——我能體會伊凡的心情了。

但我很快就知道，自己正在看著什麼。

光芒。從窗戶射進來，像針一樣細的光線。朝陽。

這是我有生以來，第一次沐浴在陽光下醒來。

當我發現自己躺在床上時，我猛地坐了起來。

「啊，丹納，你醒了？」

我的美夢就在那裡。

絲塔西婭寶貝地抱著一個小紙袋，站在門口。

不像昨天只穿著連身裙，她披著外套，拍掉肩上的積雪，露出微笑。

「我剛才去切爾基佐沃黑市買東西。」

她接著說「好久沒搭路面電車了」，但我已經沒在聽了。

我——坦白講，我不記得我說了什麼。

我像個傻子般聽她說著「等我一下喔」，坐在床邊發呆。

說到絲塔西婭，則是俐落地穿起圍裙，一眨眼已經在煮飯了。

一回過神就聞到這輩子從沒聞過的香味，我的胃開始發出叫聲。

「呵，呵……」笑聲如銀鈴般輕快。「嘖。」我啐了一聲。

「馬上就好了。現在還不可以。」

同一句話在白天跟晚上說，聽起來簡直跟咒語一樣截然不同。

而熱呼呼的羅宋湯端到小桌子上的模樣，就像魔法一樣。

「來，請用。」

「……好。」

我覺得那是我這一生吃過最好吃的東西。

我名符其實地握緊湯匙，像野狗一樣狼吞虎嚥地喝湯。

其實我應該更珍惜地吃的，但只浮著幾片甜菜與肉末的湯，竟然會這麼好吃。

好吃到我都快哭出來了。

絲塔西婭靜靜微笑，優雅地用湯匙把羅宋湯送進嘴裡。

我先吃完了，甚至有時間欣賞她用餐的模樣。

還一邊喝著她從自豪的茶炊，倒進破茶杯裡的熱水。

「那個……」絲塔西婭眨眨她的眼睛。「你一直盯著我看，我會害羞。」

「抱歉。」

我粗魯地這麼說，卻不知道還能說些什麼。

我沒打算聊昨晚的事。總覺得一旦說出口，一切就會隨之消逝。

取而代之的是心中無意間自然浮現了一個念頭。

這時我心情平和，又飽足又溫暖，所以才能毫不遲疑地把那個念頭說出來。

「……欸，這個羅宋湯還有剩嗎？」

「你要再來一碗嗎？」

「不是。」

絲塔西婭那白皙可愛的屁股立刻離開椅面，我搖了搖頭。

「我還有一個弟弟，以及兩個妹妹。」

「哎呀。」絲塔西婭睜圓了眼睛說。「當然好了！」

◆

後來，也並不是什麼都變得一帆風順。

只是我善用了那一百盧布。就算不能買下全世界，對我來說仍然是筆大錢。

第一步我先開始下各種工夫，把巢穴布置得再像樣一點。

把羅宋湯帶回窩時，絲塔西婭不知為何也跟了過來，一看到我的窩立刻橫眉豎目地說：

「不可以這樣！」

真是的，明明是同一句話，效果怎麼會如此不同？

我發自內心覺得，她的聲音一定全是咒語，而她肯定是個魔女。

「家裡有女生在，得替人家多想想才行。」

她這麼說著，於是我打掃鄰近的水泥管，趕走老鼠，把空間整頓一下，布置出總共四個房間。

也就是我跟弟妹們的房間。

這麼一來接著就需要家具，但事情立刻就有了著落。

我去跟黑幫老二領錢時，請他給我介紹了個贓貨商。

當然也付了仲介費。因為很久以前老頭跟我說過，辦任何事都要付錢。

「資本主義已經走到了懸崖邊。」老頭之前是這麼說的。「不付錢的傢伙會比他們先走。」

老二戳了我一下，笑我人小鬼大，然後拿張紙條隨便寫了個地址交給我。

介紹給我的贓貨商眼光比老頭嚴厲，態度很差，但很懂得生財之道。

多虧於此，我又能繼續做資源回收了。也能給弟妹們工作做。賺到錢了。

房間變得溫暖舒適，住起來舒服多了。

也變得能勉強溫飽了。

這麼一來很不可思議的是，我開始注意到各種事情。

結果想要手錶的是瑪麗亞。我這妹妹似乎很喜歡把玩機械。我都不知道。

瓦列里迷車子迷得要死。我撿些低俗雜誌回家，他卻把上頭的汽車照片統統剪了下來。

至於說到諾拉，一看到可愛的東西、衣服、首飾還有甜食就瘋了。小餡餅一個。

我要他們學會讀書寫字。還有算數。

改天我想幫他們弄些課本來。記得我這麼說的時候，大家聽了都大吃一驚。

「這樣好嗎，丹納哥？」

瑪麗亞客氣地開口，缺乏表情的臉上寫滿了擔心，還扯了扯我的袖子。

「我們不需要那麼……你已經給得夠多了。」

「沒關係啦。」我說了。「交給大哥吧。」

自稱「哥哥」還挺難為情的。

再說了，瑪麗亞很聰明。

可是我沒辦法讓他們去上學。因為我們沒有國內護照，是不存在的一群人。

所以我的職責，就是代替學校供他們盡情念書。

有了這個新目標，腳步也不可思議地輕盈起來。這成了我前進的動力。

目標。

絲塔西婭。

「啊——！丹納哥哥，你又要去找絲塔西婭姊姊了，對吧！」

這事立刻就被諾拉抓到，用力地把我取笑一頓。

在我們兄弟姊妹當中被諾拉抓到，就等於是被所有人知道。

瑪麗亞賞我一頓白眼，瓦列里則不知所措地愣住了。

但是，沒人能贏過絲塔西婭。

於是就這樣，我每次工作前後都會去絲塔西婭那邊。

想見到絲塔西婭需要錢。我應該帶錢過去。當然了。

而且我也想餵飽弟弟與兩個妹妹。衣服也是。他們想要什麼，也都想買給他們。

「大哥，我也想幫你的忙。」瓦列里神情嚴肅地說。「我也是個男人啊。」

「少說蠢話了。」我笑著戳了瓦列里一下。聽了總覺得很高興。「人小鬼大。」

我努力賺錢。

我從來沒想過，有一天會為了每天混口飯吃以外的目的賺錢。

伊凡的價碼，似乎比我這小鬼想像得更高。

也就是說我作為「清理人」，達成的成就為我帶來了工作。

我奔跑，開槍，撿回一命，奪人性命，領錢，然後再到下一天。

還是一樣一成不變。雖然一成不變，但比以前好多了。

並不是沒有危險性。我也曾經差點丟掉性命。而且是好幾次。

但是，比起諾拉與瑪麗亞驚慌地哭著說她們流血了的時候，要來得好多了。

那時我覺得好像核彈要掉下來了，跟瓦列里跑去向絲塔西婭求救。

絲塔西婭。

——鬼才會喜歡上這種女生。

我還記得，我那時是這麼想的。

只是視時機與場合而定，山羊也能勝過俊男美女。

容我更正一下。

鬼才會喜歡上這種女生。除了我，還有我的家人以外。

所以，這麼說好了。

後來，事情並沒有像奇蹟發生或變魔法那樣變得一帆風順。

我們勉勉強強克服了難關，不只一次。今後也打算繼續克服下去。

多虧於此，我還活著。我們還活著。

也就是說，這就是故事的內容了。

清理人這一行

「來吧，來吧，來吧，來吧……！」

我戴著汗水淋漓的頭套，嘴裡唸唸有詞。熱死我了。

飯店的套房。一台前所未見的奢華暖爐在我旁邊發熱，害得我這麼悽慘。

我在關燈的房間裡，一個人活像培根般被慢慢煎熟。

停電在莫斯科是常有之事。是下雪害的。電線有時會承受不住雪的重量。

我常常在想，人生什麼的就跟工作一樣。

但是，**這個**不一樣。這是他們的工作，也是我的工作。

我很想把手指伸進頭套空隙搔搔臉頰。但我硬是忍住。

總覺得一切好像都是在白費工夫。但是，白費工夫就表示有餘力。有餘力就表示安心。

一個呆站在房間正中央的人，與一個蹲在暖爐旁邊的人。

我不知道夜視鏡中的紅外線熱成像會怎麼區分這兩者。

但是總比什麼都不做來得好。白費工夫的積少成多維繫著我的性命。

——至少，以往是如此。

只能盡力而為了。還是一樣沒長進。

「……嘖。」

聽見的腳步聲有七人。這數字很不妙，不吉利也要有個限度。

只要是「清理人」都知道，七是突擊隊的基本戰鬥單位。

就算十五歲的小鬼不知道，二十四歲的丹尼拉・庫拉金當然有這個常識。

腳步聲當中五雙沉重，兩雙輕盈。雖然討厭，但看來狀況還不到最糟的地步。

比起一整個生化士兵分隊，包含生肉好歹還輕鬆一點。目前還能這麼說。

不久，腳步聲在房門前整齊地停下。我吸一口氣，重新握好槍把。

我舉起老舊的衝鋒槍——已經成為身體一部分的槍枝，將槍口對準了房門。

門把發出喀嚓喀嚓的聲響。來吧，屋裡可沒有陷阱。

鉸鏈打開一條縫。房門緩緩開啟，露出一條門縫。從中能夠看見白色的防彈衣和形似骷髏的頭盔。

「該死！還真的是特種部隊！」

我扣緊扳機，讓衝鋒槍像水管灑水般吐出穿甲彈。

波波沙（殺啊），波波沙（殺啊），波波沙（殺啊）。點到為止，不傷和氣。

「唔哇！」
「呃啊！」
黑暗中火花迸散，傳出慘叫。我看見其中一人的防彈衣噴出了潤滑油。
然後一顆金屬蛋從那傢伙的手裡落下，發出尖銳的噗咻聲。
「『清理人』！」
「該死！」
我明明沒那餘力卻還不忘口吐惡言，跌跌撞撞地跑出去。當然是往窗戶跑。
「快啊快啊快啊！」
背後伴隨著轟然巨響，紅色火光張牙舞爪地殺向我。
是ＡＯ—６３（阿巴坎）雙管突擊步槍撒出的重金屬子彈。
正常人用起那種怪物槍械的話手臂會被後座力轟掉，但生化士兵另當別論。
高級家具或暖爐被撕碎成我熟悉的模樣，我忙著踹破窗戶。
沒笨到先上鎖。輕鬆得很。
「永別啦，諸位同志！」
下個瞬間，滾落在長毛地毯上的手榴彈（RGD-5）炸開，我跳進了莫斯科的黑夜。
空氣冰冷得像一把利刃。穿著開洞的防彈衣感受特別深刻。

——得拜託她幫我縫一縫了。

不過，要拜託絲塔西婭做這件事恐怕有點難度。

畢竟絲塔西婭生起氣來，那可是比特種部隊還可怕。

◆

「丹納…………丹納？」

最享受的清醒時刻，不知為何總是讓人想再多睡一會兒。

白細且柔嫩的手臂，輕撫我的身體。

就像在對待一個陶瓷娃娃，我溫柔地握住她修長的手腕。

我一邊小心注意著別把它折斷，一邊想把她就這樣拖進被窩裡——……

「丹納，不可以喔。已經天亮了。」

絲塔西婭輕聲笑著，手指跟我稍微交纏後，就像貓兒那樣溜掉。

我死心地撐開眼皮，從我與她的體溫猶存的床上坐起來。

柔軟的地毯和高檔的床，還有遮住窗戶的窗簾，全都跟過去的集合住宅有著天差地別。

只有三樣東西沒變。就是我與她，以及那個小小的茶炊。

「早晨每天都會到來啊，就跟中午送到的牛奶一樣。哪有什麼稀奇的。」

「是嗎？可是每天就只能看到一次朝陽呀。你不覺得彌足珍貴嗎？」

絲塔西婭總是說得對。從來沒說錯過任何一次。

身上裹著跟雪白肌膚一樣潔白的床單，絲塔西婭微笑著拉開窗簾。

朝陽穿透淡鉛灰色的雲層與透明的窗戶，照得絲塔西婭的銀髮閃閃發亮。

過去那個瘦巴巴的少女依然保有昔日的面貌與纖柔，如今已成了美麗的女神。

現在能夠摸到一堆骨頭的部位，只剩下側腹而已。

用粗糙手指摸摸肋骨會讓她像小貓一樣扭動，但就連這麼做都會讓我內疚。

不過——話又說回來，美麗的女神啊。連我都對自己陳腐的形容方式感到難過。就沒有其他更好的說法了嗎？

「那個叫什麼來著……就是天鵝變成美女的那個。很有名……以前妳演過……」

「《天鵝湖》？」絲塔西婭打了岔。「十六歲那次？」

「就是那個。」我點了點頭。「妳那次演得真美。」

「謝啦。」

絲塔西婭嫣然一笑，然後用起舞般的腳步走向茶炊。

那動作看起來比平時更輕快愉悅，希望是因為我的一句話使然。

她什麼都演得來。芭蕾也行，歌劇也會，總之我不太懂的東西，全都難不倒她。
雖然我沒一樣看得懂，但唯一能確定的是絲塔西婭無人能比。
她搖晃著既小巧又豐腴的極致嫩臀，拿起了茶葉罐。
「喝茶就好嗎？」
「好……欸，絲塔西婭。」
「什麼事？」
可愛的小屁股縮回去，換成可愛的臉蛋露出來。
我花上好幾秒盯著她看之後，盡可能若無其事地說道：
「早安，絲塔西婭。」
「嗯，早安，丹納！」
我的最愛是羅宋湯，但也不排斥喝紅茶。
荷包蛋與吐司。再配上布利尼煎餅與蜂蜜就沒話說了。
不管是什麼，絲塔西婭做的早餐都不會難吃。
我坐到餐桌旁花時間慢慢享用早餐，絲塔西婭笑吟吟地看著我吃。
然後她朝我探出身子問道：
「丹納，你沒有在硬撐吧？」

我吸吮湯匙上的果醬後，喝一口紅茶，歪了歪頭。

「如果沒能讓妳滿足，那就是我不夠努力了。」

「笨蛋。」

她像是準備接吻那樣噘起了嘴唇。

「不可以喔，丹納是血肉之軀。與其在我身上花錢，不如去做機械化手術——……」

嗯。我靠在絲塔西婭房間裡豪華椅子的椅背上，檢查它的狀態。

我怎麼想都不認為它能承受得住生化士兵的重量。

不，也許生化士兵來的時候會搬出專用椅子。

但就算是這樣，生化士兵壓在絲塔西婭纖瘦的身子上，仍然不是看了會愉快的光景。

「沒關係啦，我比較喜歡當生肉。」

我如此說完，端起杯子吸掉灑在碟子裡的茶。

「案子我也都有在挑選，別擔心啦。」

「你又這樣說了。你都在做危險的工作，我可是知道的唷？」

「沒辦法啊，『清理人』這行本來就有危險。」

絲塔西婭不會將手指穿過杯把，所以連修過的指甲前端的動作，都能看得清清楚楚。

她靜悄悄地把茶杯放回碟子。我笑了。

「但我都是從值得信賴的途徑接案。沒事啦。」
「你是說瑪麗亞吧？」
呼喚這個名字時，絲塔西婭的表情與語氣會增加兩成的柔和。
瑪麗亞、諾拉、瓦列里。語氣與神情，都跟呼喚我的時候不同。
但是讓絲塔西婭來說的話，我在講到他們的名字時似乎也跟平常有所不同。
有嗎？我沒有自覺。不過當時絲塔西婭露出的表情我一樣喜歡。
「不可以給她惹太多麻煩唷。」
「知道啦。」
……你真是的。絲塔西婭鼓起臉頰。別擔心，我明白。
我發出聲音放下茶杯——要怎麼放才能不發出聲音？——站了起來。
茶喝完了，時間就差不多了。無論有多留戀，我非走不可。
我拿起托卡列夫，小心翼翼地塞進懷裡。
當我開始穿起摺得整整齊齊的防彈衣時，絲塔西婭的身體貼了上來。
指尖探進防彈衣開的洞裡，溫柔地搔著我的腋下。
「等過一陣子，你一定要再來喔。我等你。」
「好。」

「你如果受傷，我可是會生氣的唷。」

耍嘴皮子說著我好怕的嘴，被柔嫩的嘴唇堵住。

「嗯……呼……唔……」

我扶著稍稍踮起腳尖的絲塔西婭的腰，她的纖腰頓時抖動了一下。

哈呼，哈呼。可愛的她一邊拚命換氣，手臂一邊環住我的脖子。

咕啾咕啾的水聲搔弄著耳朵。溼潤的舌尖。甜蜜的唾液。麻痺神經般的果醬滋味。

直到我關上房門走到走廊時，嘴裡仍然飄盪著一絲紅茶香。

◆

我走進格柵電梯投入硬幣，前往一樓。

電梯這玩意永遠是髒兮兮的，而且總是故障，滿是塗鴉與貼紙。

但絲塔西婭居住的這棟三十四層樓摩天大廈，跟那些地方可不一樣。

在這城市裡，沒有人敢對蓋在莫斯科河畔的「七姊妹」亂來。

在她的懷裡，就連電梯下樓的時間都是如此地優雅而令人雀躍。

就我判斷，祕訣必定在於徵收作為代步費的硬幣。

願意付錢搭這玩意的人不會弄髒電梯。付不起的人請走樓梯。

我一邊品味著紅茶的芬芳，一邊踏出隨著悅耳鈴聲開啟的電梯門。

「哦，你總算是出來啦，丹尼拉·庫拉金。」

「……糟透了。」

然後，佇立門外的小老太婆把我攔了下來。

「真是，看看你這副邋遢的德性，丹尼拉·庫拉金。」

在繪有壁畫的天花板——好像叫做溼壁畫——底下，老太婆在奢華的石造門廳對我露出獠牙。

老太婆把一頭灰髮紮得又高又緊，好像想用這種方式拉平皺紋似的。

明明整個人瘦得像朽木，眼睛卻像鷹鷲般散發強光瞪著我。

「頭髮亂七八糟、防彈衣、灰頭土臉、一身泥土、軍用長靴，還拎著一把**玩具**。」

枯枝般的手指伸出來，接連著在我頭上、肩膀與腿上東戳西戳。

「皮斯孔夫人，我……」

「別跟我找藉口。」

皮斯孔夫人聽都不聽就打斷我的藉口，那鷹勾鼻哼了一聲。

搭配起總是穿著的黑色禮服，我覺得她就像個巫婆。

再戴頂帽子就完美了。我看平常一定都藏在家裡。

我總是不知道該怎麼應付她——皮斯孔夫人。

絲塔西婭說她很有母性。我不知道這話是真是假。

假如真的是這樣，那全世界的孩子鐵定一出生就活在恐懼裡。

「你知不知道自己是來見誰的啊？」

尖銳刺耳的嗓音，簡直像是在敲打鋼筋。

明明比我矮一個頭，不知為何卻用高高在上的眼光瞪我。

有一次——滿久以前了——我鼓起勇氣，問她能不能改改。

皮斯孔夫人卻用鼻子哼著說：「我天生如此。」

我想她的爸媽（如果有的話！）心臟鐵定特別強健。

「她可不是人盡可夫的妓女。那孩子是一流的女演員，我有說錯嗎？」

「沒有。」

「是隨便一個混混配得上的女人嗎？你說說看。」

「不是。」

「知道的話，就穿得有點人樣再過來。這關乎皮斯孔劇團的格調。」

「……只要有絲塔西婭在，評價應該壞不到哪去吧。」

「我就是在說絲塔西婭她太縱容你了。」

我一邊詛咒自己禍從口出，一邊像是被巫婆瞪視般無法動彈。

與其這樣，我寧可被生化士兵的紅外線視野盯上。

「真是，實在拿那孩子沒辦法。難道不知道縱容男人不會有好下場嗎？」

皮斯孔夫人還在嘮嘮叨叨唸唸有詞，愈說愈氣，像是要刺穿我般狠瞪著我。

「醜話說在前頭，像你這種『一流的「清理人」』可是不值一文的。」

——你要是敢敲詐那孩子，後果自己清楚吧？

我沒蠢到不懂這句話的意思。回答就一個字。

「是。」

當然了。聽我毫不遲疑地這麼回答，夫人優雅地朝我伸出了手掌。

這代表說教結束。我安心地呼出一口氣，從防彈衣的口袋拿出信封。

然後數了幾張沒有半點皺褶，紙面平整的鈔票。沒問題。

「請收下。」

「很好。」

她用依然優雅的手勢收下盧布紙鈔，仔細收好。

我從來沒看過皮斯孔夫人作出數錢這種粗俗的行為。

「看你每次都乖乖帶錢過來，總是讓我大吃一驚。」

「有人敢不帶錢來見絲塔西婭嗎？」我揚起一邊眉毛。「真不敢相信。」

「是啊。你則是傻到讓我不敢相信，丹尼拉・庫拉金。」

「……嘖。」

看到皮斯孔夫人咧嘴一笑，我把嘴巴彎成了ㄟ字型。

讓皮斯孔夫人來說的話，這話似乎是在稱讚我。

但我看沒哪個莫斯科人會把這位年老女士的稱讚當真。

——喔，不，是有一個。

若是被這位皮斯孔劇團的女團長稱讚，絲塔西婭可是會樂翻天的。

「……那真是謝了。」

到頭來我還是沒能繼續嘔氣下去，我粗暴的語氣讓皮斯孔夫人用鼻子哼了一聲：

「別老是晚上來，下次找時間來看白天的舞台！」

我幾乎是被趕出了入口大廳，來到外頭。

刺骨的冷空氣，讓我拉起了防彈衣的領子。

——都是莫斯科河害的。

流過眼前的湛藍水流，會賦予吹過河面的風凍人的冰冷。

事實上，大概要到「老師」那種水準才能稱得上一流吧。

女性「清理人」。真面目不明。有傳聞說是孤兒出身。

沒有人跟她打近身戰能取勝。就跟魔女之家（芭芭雅嘎）的怪物一樣。

我呼著冰凍的氣息快步前行，同時按照每回造訪這裡的習慣，抬頭仰望。

電子看板數著距離二一六〇莫斯科奧運還有幾天。這我沒興趣，只是看到而已。

我關心的是比它更大，對我以外的每一個人投以微笑的莫斯科第一美女的看板。

「胡說八道，是世界第一才對。」

我願意親吻全莫斯科每一幅皮斯孔劇團的海報與看板。

「清理人」能為莫斯科小姐做的，頂多也就這樣了吧。

再來，就看能不能帶錢過來了。

◆

在莫斯科的上午，往切爾基佐沃市場前進的路上。

我突然心血來潮，順道去了趟超級市場。

店內呈現枯燥無味的黑、白與灰色。貨架空空如也，但客人卻不少。

想必是因為牛奶或乳製品就快送到了吧。店裡從小孩到女士，人潮洶湧。
穿防彈衣的我引來了少數刺人的視線，但我不以為意，到櫃檯排隊。
等了一會兒就輪到我了。
「下一個！」
派頭十足的職業婦女——身穿白色制服的店員不帶笑容，凶巴巴地看著我。
「凝乳糖一盒，還要醫生香腸。四百克。」
「五十戈比。」
「拿去。」
我用硬幣換得了收據。
我拿著收據，接著去賣場排隊。每個人都一手拿著收據排隊等候。
「下一個！」
「凝乳糖一盒，還要醫生香腸。四百克。」
「收據。」
「拿去。」
我用一張紙條，換得店員幫我把這兩件商品塞進紙袋。
無論是巧克力包起司的凝乳糖，還是澱粉含量高的香腸（醫生香腸），都還算不壞。

就從不用去黑市也能買到的觀點來看，甚至可以說是好貨。

這是因為黑市——切爾基佐沃市場雖然什麼都有，但售後概不負責。

招待東歐諸國觀光客的一棟棟飯店附近，遊樂園倒閉拆除後的空地變成了藝術市集。

在這莫斯科最大市集的旁邊，黑影般林立的馬口鐵與鍍鋅鐵形成了巨大的商店街。

這裡就是切爾基佐沃黑市。是我離開超市後的下一個目的地。

「這裡買得到花花公子！星條旗的超級士兵（Supersoldier）金髮美女！」

「小野仙台的新遊戲！無論是軍方開發還是四格骨牌都落伍了！遊戲就要玩日本的！」

「來買可樂喔，可樂！不是朱可夫可樂，是黑的！品質純正，不含添加物！」

「新歌肋骨唱片！來自當地的搖滾樂，限定圖案只有十張！」

從刻在廢棄X光膠片上的唱片，播出沙沙作響的甜膩歌聲。

雖然沒絲塔西婭來得有魅力，但也算是迷人的歌聲。好像是個叫爵士還是什麼的女人。

我不知道歌詞唱的是什麼，但有種標準的帝國主義味道，我還不討厭。

攤販林立，一群可疑人物——我也差不多——發出歡呼，對違禁品深深著迷。

在這裡是一手交錢一手交貨。中間沒有收據介入的餘地。也沒有政府公關。

走私品、非法製造、祕密出版物（薩密茲達）、盜版。先不管東西真假，這裡要什麼有什麼。

擁擠不堪的人群體味、食物、油汙與鐵鏽混雜而成的空氣，很快就吞沒了我。

「哎喲，抱歉啦，同志！」

「省省吧。」

馬上有個小鬼伸手想搶我夾在腋下的紙袋，我毫不猶豫往那隻小腿的正面踢上一腳。可能是因為長靴裡加裝了鐵板的關係，那小鬼哀號著摔倒在地，但沒踢斷骨頭已經算我好心了。

要偷東西也該做得再漂亮點，而且既然會對我出手就表示跟我不認識。

——這沒什麼，這點小挫折對方也早就習以為常了。

碰到這點挫折就哇哇大叫的傢伙，活不到那個年紀。更不可能活到二十四歲。

穿過這樣雜亂無章的人叢，就來到了我的目的地。

一個小型咖啡攤。

鍋子加入咖啡粉慢慢煮出的香味輕柔地飄散。

一個黑色長髮女孩，微帶憂鬱地啜飲著這樣煮出來的泥水般液體。

穿在身上的淘汰軍裝土氣到不行，但也有女生穿起來好看。

例如這個有著雪白肌膚、冰冷眼眸與刺人視線，宛如暴風雪的她。

嚴拒所有男人搭訕的匕首般目光忽地轉向了我。

「……來得真慢啊，丹尼拉·庫拉金同志。你遲到了。」

「不好意思，同志。我去吃飯了。」
「是去讓人家煮飯給你吃才對吧？」
一如期待地成長得亭亭玉立的——我年方十九歲的妹妹瑪麗亞，忿忿地啐了一聲。
「……嘖。無賴。」
真是的，我妹妹什麼時候養成咋舌這種粗俗習慣的？
我聳聳肩，從紙袋裡抓出凝乳糖丟給了瑪麗亞。
她在胸前接住它，像個拿到糖果的五歲小女孩那樣睜圓了眼睛。
然後匆匆收起盒子，隨即瞇著眼睛對我噘起嘴唇。
「……我可不會被這點小招數收買喔，丹納哥。」
「只是順便啦。妳就乖乖收下吧。」
我如此說完，跟不知道是醒著還是睡著的老先生點了咖啡。
用硬幣換到的液體，真的就像是倒在杯子裡的泥水。
瑪麗亞啜飲這種令人胸悶的玩意，竟然都不用加牛奶或砂糖。
我一邊對於嘴裡的紅茶甜味消失感到遺憾，一邊喝了口苦味汁液。
「……所以呢？」
「好吧，不計較了。」但她可不會被我騙倒。「這次的工作是護衛任務。」

「護衛是吧。」

「……有問題嗎？」

「沒有，只是覺得這次的工作真正經。」

比起幹掉準備去見女人的伊凡，這種工作正經太多了。

瑪麗亞注視我良久，最後抖著睫毛呼出一口氣。

然後打開包包，把愛用的行動終端「電子ＭＫ一七〇」放在掌上。

小小的液晶螢幕旁邊，有個彷彿只能用指尖去按的小小鍵盤。

看在我眼裡，它就像個用一堆電纜連接的計算器。

實際上，好像也真的是計算器沒錯。只不過最大的差異是它是以程式運作。

瑪麗亞把一個捲線伸長的電話話筒，裝到已經連接好的聲耦合器上。

她之所以成為這個咖啡攤的常客，想必是因為老闆擁有電話。

我甚至懷疑老闆的本行其實是電話出租。咖啡的味道就是證據。

一陣撥號聲之後，是宛如尖銳哨聲的連線音效。瑪麗亞優美的手指敲打著鍵盤。

過了一會兒，電傳打字機發出喀噠喀噠的聲音開始運轉，吐出了打字紙。

瑪麗亞用一流打字員會有的動作，優雅地撕下一公尺的長度。

「拿去。」

「好。」

我雖然沒念過書，但自認也教過瑪麗亞學習，然而妹妹現在比我懂得多了。

瑪麗亞做的這些事情，老實講我一點概念也沒有。

瑪麗亞說這叫遠端演算。用西方的說法就是遠程資料處理。

從小我就知道，這孩子很喜歡搞機械玩意。

當她把那些機械搬進房間時，我還天真地為她高興。

因為那樣她就有謀生手段了。這麼一來最起碼不會餓死。

但我想都沒想到，妹妹弄來弄去的玩具，竟然會是終端機。

如今，她的房間已經被映像管與終端機所淹沒。

而少了她這個夠格的「電信技師」，我的工作也會增加不少難度。

畢竟近年來「清理人」這一行也漸漸轉為在電腦上接案或仲介了。

坦白講我不是很希望她走這行——但好吧，其實我也覺得算了。

最起碼比拿著槍枝跑來跑去安全多了，況且這也是了不起的正當行業。

如果我是論斤賣的，「暴雪」就是獨一無二的人才。

——不過當初沒叫她打掃房間真是失策。

「所以，委託人的背景呢？」

「是『機關』的人。」

國家安全委員會（ＫＧＢ）。那些黑衣人。我勉強藏起一臉的厭煩。

「比起調動制服組，僱用你比較省錢。」

ＫＧＢ——機關，國家安全委員會，換言之就是祕密警察。

先不論十五歲的丹尼拉．庫拉金是怎樣，二十四歲的丹尼拉．庫拉金當然知道他們。

「我們是玩具店隔壁大樓的人」這句話，是用來管教小孩的芭芭雅嘎。

你再不乖，可怕的魔女就會叫恐怖的怪物來抓你喔。

魔女之家的怪物。那是幻想出來的怪物，並非真有其人。不可能是真的。

但是「機關」就是真有其人了。

不過東西兩國已經對抗了兩百年之久，近年來依然如此。

有鑑於當前局勢，大家會以為ＫＧＢ的各位大爺想必是呼風喚雨，但事情沒那麼簡單。

這是因為我們偉大的祖國蘇維埃聯邦，還有另一個情報機構。

也就是軍隊總參謀部情報總局——「水族館」ＧＲＵ。

一群聚集於玻璃牆大樓的軍方菁英分子，坐擁最強特種部隊斯佩茨納茲。

當然了，管轄範圍與ＫＧＢ不同。而蘇維埃政府預算有限。

兩者便有如恐怖的雙頭獵犬，為了搶一個狗食碗而想咬死另一顆頭。

有個這麼說過的「清理人」試圖同時拉攏兩顆頭，結果立刻被撕成兩半。

「報酬呢？」

瑪麗亞默默豎起一根手指。一捆盧布鈔票。

我不知道這是不是一流「清理人」該領的報酬價碼。

「老師」聽到這個價格會接嗎？我沒見過她，不可能會知道。

但是，這對我來說是一大筆錢。金額值得我賣命。

對其他人來說是怎樣就不知道了。

「『機關』竟然也開始用起了『清理人』，可見預算是真的很吃緊。」

「哪有可能，充足得很。」

瑪麗亞微微冷笑，搖了搖頭。

「所以才有錢請得起『清理人』。」

「原來如此。」

我一邊傾聽名叫爵士的女人甜膩的歌聲，一邊掃視電報內容。

護衛對象是女人。不是傳真電報所以沒有照片。二十九歲。葉蓮娜・立花。

「立花？麗華？」

「立花。」瑪麗亞補充了。「據說是日裔。」

「是喔……」

日本。比西伯利亞鐵路的終點站更遠，海洋對面的島國。

我只知道那裡有個地方叫千葉，是機械化手術的聖地。

保坂的小野仙台，豐田與本田，還有索尼與聯絡都是日本企業。

再來就是日本黑道會派出培養的複製人忍者當成殺手鐧，就知道這些了。

所以比起這些，電報上的一段文字對我來說更重要。

「財務人民委員會議員——……真的假的？」

「是真的。」

對著瞪大雙眼的「哥哥」，瑪麗亞毫不留情地吹來一場暴風雪。

「又不是政治局人員，不用那麼擔心。」

「那可真是太好了。」

「是啊。」

酸她都沒用。妹妹優雅地瞇起眼睛品味咖啡。

——明明她現在再也不會拉扯我的袖子了。

沒辦法，我對她這種表情就是沒轍。

「好吧，我幹。勞動光榮嘛。」

但話又說回來，一個議員要針對預算進行事前視察，竟然只有一個「清理人」當護衛。

——是沒有危險，還是被殺了也無所謂？

我一邊閱讀電報，一邊左右搖了搖頭。

為了自己好，那些內幕還是少想為妙。就算問出了什麼，要做的事還是一樣。

「哎，總之盡力而為嘍。」

我仔細摺好電報，收進防彈衣內側。

周圍的行人還是一樣吵雜，誰也不會關注在街角喝咖啡的兄妹。

這種地方反而適合進行密談。瑪麗亞真是愈長大愈聰明了。

我用胃不舒服作為代價，喝光了馬口鐵杯裡剩下的泥水。

「對了。」

忽然間，瑪麗亞大聲說著。要假裝成臨時想到，這種講話方式也太笨拙了。

「你還在用舊型啊。是不是該跟『女修士』另外訂一把武器了？」

「我不喜歡卡拉希尼柯夫啦。」

我笑著開口。表達關心的方式真是笨拙。那應該是我負責的工作才對。

「瑪麗亞才是好歹帶把槍吧。一個大美人在外頭被奇怪的男人纏上我可救不了妳。」

「……嘖。不用哥囉嗦。真要追究的話，應該怪丹納哥不該遲到吧。」

「把那個壞習慣改掉啦。」

「不要。」

我取笑一頓僵著臉咋舌的妹妹後，在她還沒開始嘔氣之前，想起手上的紙袋。

「啊，喔，對了。」

好吧——……諾拉就算了。我可還沒接受那傢伙**賺零用錢的方式**。

「這個幫我拿給瓦列里。買給他的。」

「……好。」

瑪麗亞乖乖接過了裝香腸的袋子。「還有——」我補充一句。

「跟瓦列里說一聲，叫他空點時間出來。」

「好啊，只是……」

瑪麗亞再次乖乖點頭，但稍顯困惑地偏了偏頭。

「哥，你回家時自己跟他說不就好了？」

「說什麼傻話。」

我笑了。

「那豈不是搞得像在賄賂弟妹一樣？」

◆

我們的家還是在原來的地方。
掀起鐵蓋就能鑽進去的地窖。有熱水管經過的人孔井。
但後來過了這幾年，生活並不是毫無改善。
家裡裝了發電機，也湊齊了家具。電燈與暖氣也都一應俱全。
除了位於地下之外，有時我覺得它也算得上一間豪宅。
不過我一直都很清楚，這種水準的住家一點也不稀奇。
尤其是從絲塔西婭的住處回來時，感受更是深刻。
不識時務的「清理人」死得早。識時務的「清理人」晚一點才會死。
想把結局延後的話，行事就給我小心點，丹尼拉．庫拉金。
「什麼嘛，大家都還沒回來喔？」
我摸黑找到後來裝的開關，啪一聲往上扳把燈打開，還是沒聽到半點聲響或問候。
我脫下防彈衣丟在沙發上，把托卡列夫塞進褲腰後走向冰箱。
對，就是冰箱。奢侈品。因為大多數的東西都只要丟進儲藏庫就不會壞。
買得起必須特地放進冰箱的食品，讓人感覺相當愉快。

我一手拿出冰箱裡的三角牛奶，另一隻手同時抓著電報與莫斯科地圖。

然後一屁股坐進彈簧沒外露的沙發，瞪著文件與地圖。

——護衛，是吧。

這也不是第一次了。從接吻、嘴巴、前面、後面開始。就跟絲塔西婭一樣。

所以我也知道凡事要照順序來。這叫事前準備。

至少我知道，最起碼得把立花女士的移動路線記在腦子裡。

我一面看著地圖，一面沒規矩地——沒人教過我——正想咬開三角包裝時……

「喵嗚～♪」

一隻從旁無聲伸出的**指甲**在三角包裝上戳了個洞。

我啐了一聲。

「喂，諾拉。跟妳說了別把那當玩具。小心走霉運。」

「安啦，安啦。是說丹納哥哥，這是你的新案子嗎？」

留著黑色短髮的諾拉咯咯地笑著，邊說邊爬上沙發。

貓一樣的動作，貓兒似的表情。就從成長得一如那傢伙的期待來說，她也一樣。

黑色皮夾克與同樣是黑色的牛仔褲。褲子十分貼身，看起來有點太緊了。

之前我問她尺寸是不是太小了點，還被她取笑說這叫時尚。

這個妹妹現在先是窩在我旁邊取暖，接著又突然把身體湊過來。

「欸，要不要我幫你呀！」

諾拉的眼眸閃爍著鉻金屬的暗淡光輝，指甲從她的指尖刺了出來。

看到妹妹這副多段剃刀般的凶惡模樣，我短促地啐了一聲。只送給她一句話：

「不准。」

「為什麼——！」

尖銳刺耳的抗議叫聲，就好像完全沒料到事情會是這樣。

我一邊被跟槍聲沒兩樣的嗡嗡巨響弄得皺起臉孔，一邊從諾拉戳出的洞啜飲牛奶。

「……妳又瞞著我去賺零用錢了，對吧？」

——不是跟妳說了不准嗎？

應該說別說賺零用錢，無論是她那指甲還是眼睛，我都從來沒同意過。

被我凶巴巴地一瞪，諾拉「嗚！」呻吟一聲後，渾身炸毛開始反擊。

「丹納哥哥是小氣鬼！」

「才不小氣。」

「我要去跟絲塔西婭姊姊告狀，讓她罵你！」

「好啊，去說啊。到時候被訓的是妳。」

「哼！」

看到我完全不理她只顧著看地圖，諾拉似乎開始鬧彆扭了。

生氣到最後身體一滑，跳下了剛剛才跳上來的沙發。

「我去找『醫師』玩！」

「別給人家添太多麻煩喔。」

「我才不像丹納哥哥呢——！」

我對著背後的諾拉輕輕揮手，就聽見她喊著：「我出門了！」

「好，祝妳打獵沒半點收穫。」

「丹納哥哥下地獄啦！」

聽見人孔蓋發出的金屬聲，我無聲地笑了笑，繼續專心看著地圖。

要是諾拉認真起來，她那加速過的神經與電熱式指甲，瞬間就能把我變成碎肉。

但我這輩子到死為止，都不用去操那個心。

◆

「哦，真高興你來了，丹尼拉．庫拉金同志！」

在辦公室裡微笑的立花議員，長得比我想像得漂亮多了。
我比較喜歡暗沉的金髮，但黑髮也不賴。不過立花議員的頭髮是栗色。
我一邊覺得女人穿起西裝也不難看，一邊沉默地打量辦公室。
——在我看來，就是統一規格或是典型的辦公室。
話雖如此，其實我也只在電視上看過政治家或政府官員的房間。
室內裝潢風格穩重。牆上掛著獎狀與國旗等等，另有一張大到誇張的桌子。
這張L型辦公桌上，疊放著好幾台映像管顯示器。
我每次看到瑪麗亞的房間也總是在想，同時有四個畫面又能怎樣？
就算每個畫面都顯示不同的影像，一次也只能看一個畫面。努力點也就兩個吧。
在這些顯示器旁邊，高高堆起的文件——我們祖國事事跑文件——形成了一座山脈。
議員一邊俐落地處理文件，一邊仍保持著笑容。
勞工無論做不做事領的錢都一樣。但是議員偷懶可是犯罪行為。
不想被開除就必須辛勤工作。勞動光榮啊，同志。
我在被蕾絲薄窗簾遮蔽的室內，望著白色塵埃在陽光中舞動。
「這種時候我是不是應該問『妳要我做什麼』？」
「我們就有話直說吧。」

也就是說她想直接進入正題。

我點點頭，緩慢移步走向立花議員的辦公桌。

「不用繳械？」

「當然不用。」

立花女士甜甜一笑。信任我嗎？最好是。

「因為殺了我，對你也沒有好處嘛。」

原來如此，還真的是信任我。我點了點頭。這樣比較好辦事。

「我收錢保護妳的安全。妳如果撿回一命，就付錢給我。」

「好，就這麼辦。」

我與議員一團和氣地開始研究細節。

財務人民委員會，又稱為財政人民後勤委員會或是經濟部。

簡而言之，可以說是切分我們祖國預算大餅的重要部門。

至於部門裡的立花議員占有多大的地位——……

——一句話，跟我無關。

沒有國內護照的我，對我的祖國來說是不存在的人。

只不過就算有護照，我的祖國也是由中央委員會的眾人來運作。

在人孔井長大的丹尼拉・庫拉金恐怕無權置喙。

我能做的頂多也就是保護視察各地的議員安全了。

「那麼，同志，今天要請你多多關照了。」

「好的，同志。我也要請您多關照。」

我用笑容回應微笑的立花女士，跟著她前往辦公廳門口。

那裡有一輛光澤性感亮麗的黑色公務車等著她。

利哈喬夫汽車廠製造的豪華轎車，內部空間寬敞舒適。

對一般民眾來說就算已成舊款，ＺＩＬ的帕克德仿製車依然廣受歡迎。

怎麼說也是史達林同志喜愛的車款。生活在偉大祖國的民眾無不熱愛ＺＩＬ汽車。

再來只要能在全國各地都鋪設馬路就更棒了。

我繞著車子走了幾圈以防萬一，然後探頭看看車子底下。

我並沒有什麼具體的相關知識。只是在檢查有沒有哪裡不對勁。

例如奇怪的部分或是痕跡。也就是說車子只要不夠乾淨漂亮，就是被動了手腳。

——只是就算車子是安全的，要是直接在馬路上被炸飛也一樣。

我花幾分鐘買到安心之後，準備走向駕駛座。

「啊，沒關係。我來開車就好。」

立花女士甩著掛在手指上的鑰匙如此說道。

瀟灑地打開駕駛座車門把美臀滑進座位的動作，顯得十分熟練。

「妳沒有僱用司機嗎？」

「我很喜歡汽車，也喜歡自己開車。」

「那麼，我坐副駕駛座。」

「好的好的。我會小心開車的。」

但願如此。我沒插嘴，只是坐進座位呼了一口氣。

車門啪噠一聲關上，引擎發出低吼開始發動。

似乎只有汽油的品質無從改善起，排放的廢氣臭味微微飄來。

「——……」

無法吸收所有路面粗糙碰撞的懸吊系統，哐噹哐噹地搖晃著車身。

我握著老舊的衝鋒槍，從車窗密切注視左右與後方。

對我來說，重要的是她今天一天準備巡視的職場，以及移動路線。

我在腦中翻出剛才跟立花女士談過熟記的清單，攤開來參照。

這份清單列出了工廠、官署、基地、公務員住宅以及其他諸多國營設施。

她說要巡視這些地點，確認人民有在正當從事勞動工作。

至於這對預算分配會發揮多重大的意義，我就不知道了。
我是覺得做這些視察也許根本沒意義。
又不是只要認真工作就能增加預算作為嘉勉。
也就是說如果偷懶，就很有可能被扣減預算作為懲罰。
——原來如此。
我朝立花女士的黑眼睛瞥了一眼。是東洋血統嗎？我不清楚。
我試著思考她為了在經濟部往上爬，付出了多少努力。
她想必會用她那雙細瘦的手臂，大刀闊斧地分配預算吧。
一定是軍事之類的。我心想。那是最燒錢的部門，想必有很多地方必須刪減。
當然會有人要她的命了。我如此心想。當然會有人想對她下手，當然會有攻擊行動，當然會遭人暗殺嗎？
我思考這樣的她，只帶上我一個護衛代表什麼意義。
不派正規人員而是僱用論斤賣的「清理人」是什麼原因？因為便宜？因為不需要戒備？
到底會不會有攻擊行動？假如有，對手是誰？什麼時候，在哪裡？
「機關」的那些人士，究竟期待著什麼樣的結局？
——沒什麼好想的。

我只要領多少錢辦多少事就好。
首先，恐怕也沒時間讓我整理這些想法。
因為莫斯科幾乎沒有所謂的塞車。

◆

沒有攻擊行動。
立花女士的稽查行程一路順暢，她對各個設施的現況相當滿意。
她嚴格檢查運用狀況，有勞工提醒她掉了盧布紙鈔，她再撿起來。
我覺得大致上來說，都是在這偉大祖國常見的光景。
事實上，工作內容輕鬆得很。
只要默默跟著她到處走動，保持警惕就好。
從早到晚就做這個。我只需要做這麼一天，但「機關」的人天天都要做。這點倒是由衷讓我感到敬佩。
「哇，都這麼晚了……」
哈哈笑著的立花女士結束最後一場視察滑進駕駛座時，時間已經接近午夜十二點。

在我這從來沒有加班概念的祖國，這麼做已不只是勤勞不懈，甚至有點近乎被虐嗜好。

「哎，這就叫做勞動光榮吧，同志。」

我聳聳肩坐進副駕駛座。不必要得柔軟的座椅觸感，也開始讓我感到厭煩。

立花女士熟練地開車上路，我感覺似乎能體會她的心情。

這次的稽查，想必也不是從頭到尾都由她決定和規劃。

如果無論是目的地還是路線都是由別人決定，最起碼會想由自己來開車吧。

「啊，不嫌棄的話請用手套箱裡的東西。」

忽然間，她一邊優雅地打方向盤，視線也沒轉向我就這麼說。

由於她說：「那個請你。」我便打開看看，發現裡面塞了個紙袋。

拿出來一看，上面有著最近登陸國內的西方諸國速食店那圖案生動的商標。

不過是吃個飯，卻得花盧布紙鈔才吃得起這高級玩意。而且還是隨便都得排隊幾小時的名店。

紙袋裡裝了兩個包在包裝紙裡的漢堡。我拿出其中一個。

「呵呵，不要說出去喔。」

「這樣好嗎？」

「就是因為不太好，才要保密。」

「喔。」我低哼一聲後，張嘴咬下漢堡。

夾著滿滿甜醋薑片的亞洲風味漢堡，餓著肚子時吃起來特別美味。

「我也來吃。」立花女士這麼說著，伸出一隻手抓起漢堡。

她不講禮數地邊咬漢堡邊開車，把車子開向俄羅斯酒店。

這是鄰近紅場的歐洲最大酒店——比絲塔西婭的住處還大。

「懶得回家的時候，住這裡很方便。」

不知道是因為原本是政府大樓，還是她是經濟部人員的關係，總之政府官員可真是剛強堅毅。

我跟在立花女士後面踩著柔軟的地毯，左右擺頭張望。

我們搭乘格柵式電梯上到五樓，走過走廊，前往櫃檯指定的客房。

立花女士打開門鎖，然後換我先進入室內。

我左右擺動衝鋒槍檢查室內。

室內陳設都是符合飯店水準的高檔貨。床應該也是吧。窗戶只有一扇。

用電線外接電源的鬧鐘，其數位管發出嗞嗞聲。

沒有異常。

「請進。」

「謝謝你。」

立花女士微微一笑，以習慣的動作走進了客房。

換成是我的話大概已經喊著「啊——累死了！」倒在床上了吧。

諾拉的話鐵定會這麼做。瑪麗亞可能會癱坐下去。

絲塔西婭嘛——我不確定。也許會輕聲笑著，抓著我的手臂把我拉倒吧。

「好，今天辛苦你了！」

我猛地從無用的妄想被拉回現實。看來我累了，真是的。

「稽查行程到此結束。再來只要明天回辦公室就沒事嘍。」

「請放心交給我，同志。」

「嗯，真的靠你了。幸好沒出任何狀況。」

立花女士如此說道，露出微笑。

她替我訂了對面的房間，但我今晚沒打算睡覺。

俄語沒有安全這個詞。只有「目前沒有危險」這種說法。

我迫切地感覺到那個「目前」即將結束。我瞪著閃爍的舍申燈泡。

這玩意是保證持久明亮的長明燈。最起碼當初的目標是如此。

但它卻有那麼一瞬間，簡直像是喘不過氣般晃眼閃爍。

我的視線掃過時鐘的數位管。七點五十二分。

「『暴雪』……」

「哦，對呀。說是今晚等一下會有暴風雪——……」

領航員。與探測器八號一同登月的歷史先驅手錶。

我跟老頭買來被瑪麗亞拿去練習的它，在我的手臂上顯示著十二點三十二分。

——人數七。神經機械五，肉身二。

「……嘖。」

情勢不妙。我啐了一聲後，一邊不停歇地動腦一邊直接講重點：

「同志，敵人來襲了。」

「哎呀……預算削減過頭了嗎？」

立花同志簡直就像惡作劇被抓到的小孩一樣對我皺起臉孔。

明明有可能被殺卻一點也不驚慌。

「這種情況常發生嗎？」

「視時機與場合而定吧。」

我笑了。

清洗無特例。替代人選多得是。

也就是說無論是政治家還是「清理人」，都一樣是論斤賣。

「我來爭取時間。」

我把彈鼓用力拍進波波沙，一邊替托卡列夫裝進第一顆子彈一邊說道：

「請妳從窗戶離開。」

「要下樓嗎？」

「對，抓著熱水管往下爬。先貼在外面牆壁上，數到十再下去，然後去停車場。」

「要發動嗎？」

「不，等我過來。如果我沒來，就請您自己逃走。」

死了之後我就無法負責了。立花女士聽話地說：「好的。」

「你要小心喔。」

「我會的，至少會讓自己留條命。」

我扶著立花女士的腰與屁股，把她送出窗外。

裹著套裝與絲襪的女性下半身，似乎顯得很有魅力。

——下次叫絲塔西婭穿給我看吧。

我一邊想著這些事一邊抱起波波沙，蹲到了暖爐旁邊。

我用頭套把鼻尖到嘴巴全遮起來，調整呼吸。熱死我了。

然後——……各位當然還記得，發生了什麼狀況吧？

就是手榴彈。

◆

絲塔西婭生起氣來，比特種部隊還可怕。

也就是說特種部隊跟鬧脾氣的絲塔西婭一樣可怕。

所以雖然狀況讓人笑不出來，但還有挽回的餘地。

「白痴！對付個生肉怎麼搞成這樣！」

槍口從窗戶伸出對著積雪就是一頓掃射，小隊長破口大罵。

嗓音莫名地高亢，體格也很嬌小，簡直跟孩子似的。穿著防彈衣的孩子。

跟隨小隊長的特種部隊人員，不意外地散發一股敬謝不敏的氣氛，但憑著職業道德壓抑下來。

「七・六二毫米，是托卡列夫手槍彈，謝[六]斯琴・露莎卡少尉。」

「……叫我少尉就好。」

語氣聽起來很煩躁。彷彿一點也不喜歡自己的名字。

「竟然用波波沙這種過時的槍枝……幾人中槍，幾人死了？」

「四人。無人死亡。一人無法行動。」

「循環系統受傷。雖然看起來沒有腦死的危險，但恐怕很難繼續執行任務。」

「可惡的『機關』，僱用的『清理人』挺能幹的嘛。」

——雖然是論斤賣的啦。

「立刻去追。」伴隨著急速下達的命令，重重的腳步聲響起，我呼出一口氣。

我這時正在窗外抓住暖氣用熱水管，側耳偷聽動靜。

在這種時候，那些人大多會以為我已經爬到正下方，而對那裡掃射。

有時幾秒或幾十秒的時間差可以救人一命。例如現在就是。

萬歲（哈拉嚇）。敵人減少到兩個生肉加四個生化士兵了。這下輕鬆啦！

——開玩笑，當我是伊利亞．穆羅梅茨上尉啊。

特種部隊。與KGB的阿爾法小組並稱二強，是GRU的決勝武力。

這次來的是一支七人小隊。我想應該是派出了最小程度的人員。

是那些傢伙太強了所以這樣就足夠，還是對我高抬貴手？

話雖如此，接下來得跟時間賽跑才行。

我手貼著熱水管，滑降到一樓。

剛才的爆炸在周遭引起騷動，但不見民警的蹤影。
大概是特種部隊事前調整過吧。真是謝謝他們啊。
「庫拉金同志，幸好你沒事……！」
「是啊，妳也還活著嘛。」
我抱著沒子彈的波波沙前往停車場，看到立花議員待在那裡縮起身子。
太好了。這下就不怕做白工了。
我安心地讓她待在身邊，馬上來對ＺＩＬ豪華轎車進行檢查。
「──……嘖。」
也說不上來哪裡怎麼了。但是，不行。我覺得這車有危險。
當我探頭檢查車子底下時，感覺到了一絲不對勁。
也許只是行駛時被雪塞住了，但也有可能被放了炸彈。無從確認起。
我沒那興致拿無從確認的事情玩命。
「抱歉了。」
所以我毫不猶豫地舉起衝鋒槍，用槍托敲破了旁邊一輛車的車窗玻璃。
「呀！」
「這種時候就該開拉達紅星。」

因為它到處都有，容易壞也容易修，而且很能跑。好用得很。

我從車窗伸手進去解鎖，鑽進車內後再給車鑰匙一擊。

狠狠打壞之後扯出電線剝掉外皮，然後只要連接得當——……就能啟動了。

「好，議員，請上車。麻煩妳開車了。」

「……這是犯罪吧。」

嘴上這麼說的議員仍聽話地坐進了拉達紅星的駕駛座。

我把座位讓給她移動到副駕駛座，同時替波波沙換彈鼓。

「所以才需要我這個存在可否定的人才啊。」

「那麼假如有人追究起，就全部賴到你頭上吧。」

立花議員輕聲一笑，開著拉達紅星往前衝。

好吧，以一個跟特種部隊開幹的「清理人」來說，被民警移送法辦算是不錯的結局了。

還不賴。

◆

「開什麼玩笑？」

我發出了呻吟。看到後視鏡裡有個異形怪物，任誰都會是這種反應。

「出了什麼狀況嗎……！」

「別理我，繼續開車……！」

我雖然對立花女士這麼說，但仍往背後再看一眼，希望剛才看到的只是幻覺。

——糟透了。

那玩意就在那裡沒錯。

一輛怪車發出強而有力到令人厭煩的引擎聲，筆直衝過馬路。

那玩意就像個裝甲板怪物。不然就是機器做的蝦蟹怪物。

特種部隊的鱟魚（法爾卡圖斯）。

之前聽說KGB引進了那玩意還是什麼的，沒想到GRU也採用了同一種裝備的傳聞是真的。

我一點都不想知道。

「不可能是有其他事情要辦正好經過這裡吧……」

雖然很想期待事情盡如人意，但事到如今也沒辦法了。

我決定做一件想也知道完全沒意義的事。

也就是把手臂伸出車窗外，用波波沙猛射對方。

我仰賴的托卡列夫手槍彈擊中擋風防彈玻璃，像雪球一樣爆開。

黑色玻璃出現裂痕，但毫無被射穿的跡象。

「想也知道！」

我還來不及叫，雙管突擊步槍（阿巴坎）即刻從槍孔穿出來凶猛還擊。

像是下起了重金屬子彈大雨。誰啊，竟然給我正式採用了將兩把機槍黏在一起的裝備！

「轉彎！」

「往哪邊！」

「都可以！」

拉達紅星的車身像紙屑一樣被撕碎，我放聲大吼。

立花女士打著方向盤。莫斯科的馬路不會塞車，也不用理會行車方向或紅綠燈。

需求不識法律。

拉達紅星一邊發出尖叫般的哀號，一邊過彎高速駛過小巷。

別天真地以為巷子這麼窄，那些傢伙就追不上來了。

感謝我們祖國為莫斯科鋪設了平整的馬路，要繞路堵人很容易。

波波沙的障眼法也沒多大意義——雖然只要能爭取到短短幾秒就夠了。

但不是我要說，真佩服對方能毫不遲疑地一路跟上。憑著一股拚勁嗎？

「那些傢伙，擋風玻璃都被打爛了竟然還看得到前面……！」

「聽說那種車子搭載了大量的車用攝影機喔！」

「下次把『水族館』的預算多刪一點！」

早年說什麼大塊頭動作就是遲鈍的傢伙，一定是個沒知識的白痴。

大車子能配備大引擎，也就是說車速快得很。

法爾卡圖斯用氣喘如牛的拉達紅星無法比擬的速度，緊追在我們後頭。

拉達紅星的車內充斥著讓人想摀起耳朵的噪音，腦袋都發昏了。

根本無從判斷是被子彈射中了，還是被擊碎的柏油路破片打到車子。

「扭屁股開車！」

「你是說蛇行嗎！」

「不知道，也可以啦！」

拉達紅星驚險躲掉重金屬子彈的紅牙——就是沒打中車內人的意思——繼續狂奔。

雖然是拜屁股左扭右扭所賜，但車速當然也跟著變慢。而對方卻跑得飛快。無計可施。

憑波波沙的火力就算狂射一通也沒用。很快就會被對方逮住，剝皮吃掉。

恐懼有雙大眼睛，所以會嚇死。嚇得跑向可預測方向的傢伙，就會被追上然後殺掉。

話是這麼說，但跑進逃不掉的場所，當然還是會被逼入絕境一命嗚呼。

「這就叫一不作二不休，是吧。」

一旦決定了就要做到底。盡力而為吧，丹尼拉．庫拉金。

我嘶喊道：

「正面，直接撞進去！」

「什麼！」緊咬方向盤不放的立花女士瞪大眼睛。「……什麼？」

「別在意！我們祖國沒有人會留下來加班！」

立花女士還想說些什麼，但開車分心會出車禍。再說也沒時間了。

離絞肉只有一步之遙的拉達紅星，維持著車速進到了超級市場店內。

◆

「我、我們還……活著嗎……？」

「要是害死妳，我就領不到錢了。」

我爬下肯定再也跑不動的拉達紅星，來到了店內。

就如我所看到的——說歸說，我也沒戴夜視鏡。就如同適應了黑暗的眼睛所看到的，現場滿目瘡痍。

衝進來的車輛撞倒空蕩蕩的貨架，玻璃碎裂，碎片四下飛散。

但店裡還是很寬敞，而且多得是藏身處，外加一堆出入口。

然而可想而知，特種部隊的那些傢伙沒衝進來。當然了，人家可是特種部隊耶。

如果是哪個白痴「清理人」則另當別論。這些人可是菁英，會有戒心，也會提防圈套。

是單純出車禍嗎？人在車中撞爛了，還是受傷躲起來了？或者是埋伏？

那些人知道裝甲車能活躍於哪種狀況，也精明能幹到可以立刻停車。

況且敵方有七人——不，好像剩六人。前提是車上沒有待命人員的話——先不管這些。

以這點人數，想包圍這家店或是守住所有出口都有困難。

更別說如果還要花費時間與勞力搜索目標是否在店裡，就只能喊「救命！」了。

換作是我的話會立刻放棄並直接炸掉整間商店，但特種部隊大概不會這麼做吧。

他們如果動真格到那種地步的話，從一開始就不會只動員一支分隊，我也早就掛了。

沒有笨蛋會用大砲射麻雀。

換句話說，那幫人這下**無論如何**都得搜索店內了。

而且還得把本來就不多的人數分成裡外兩組。一定覺得麻煩死了吧。

誰要跟他們老老實實玩鬼捉人啊。踢翻桌子走為上策。

他們會下車，用少數人員迅速掃視店內。直到他們確定我們已經逃離這裡，我們只有寶貴的幾分鐘。
為了確保這點時間，我得立刻讓立花議員站起來。
「走吧，妳也不想死吧？」
「好、好的……」
只要安靜前進，就能走得夠遠。
特種部隊停下鱟魚發出煞車聲時，我們早已壓低姿勢跑過店內了。
我們祖國的建築物，大致上來說結構都差不多。
當然對方應該也明白這一點，但在這種時候還是很有幫助。
因為就算是初次來店，也不怕找不到廁所。
我們立刻從送貨入口跑出去，不留蹤影地逃進了莫斯科的巷子。
「接下來該往哪裡走……」
「也只能去那幫人不會追來的地方啦。」
我邊跑邊拆掉波波沙射光子彈的彈鼓，換個新的。
沒理由只因為開槍沒用就不裝子彈。
我讓雙手按照肌肉記憶自己去忙，在莫斯科的夜裡尋找「暴雪」。
她就在閃爍的紅綠燈中。十字路口的正面與左邊是紅燈，右方亮著綠燈。

顯示燈號時間的綠色數字沒變，只是一亮一滅地催我快走。

真是個夠優秀的妹妹。我毫不遲疑地在巷子裡右轉奔跑。

接著是左邊，然後是正面。右邊，右邊。正面。

給交通管制局(TSODD)那些傢伙的工作偶爾來點變化，也是好事吧。

就這樣，我們被一路帶領到的地方，前面有著——……

「很好，時機很準……！」

GAZ(高爾基汽車廠)的卡車輪胎軋軋作響，一個側滑趕到了我們面前。

明明是晚上卻戴著雪地墨鏡的瓦列里，從駕駛座露出臉來。

「嗨，大哥！久等了！」

「嗯，幹得好。」

我把手伸進車窗裡賞了弟弟一頓摸頭之後，走向蓋著帆布的貨斗。

這個愈大愈調皮的傢伙，如今已經是能獨當一面的「運貨員」了。

坦白講他跟瑪麗亞都讓我很有意見，但有一技之長是好事。

至少比諾拉好太多了。我把衝鋒槍丟到車上，手扶在車邊爬上去。

「議員女士請坐副駕駛座。瓦列里，對人家要有禮貌。」

我知道他們都看不到我，放心地揚起嘴角笑了笑。

「人家可是淑女呢。」

「當然了，請同志多多指教。」

只不過我也不知道議員聽到這句話作何反應就是。

「小姐請放心！我一定安全把妳送到！」

但不用特別想像，瓦列里耍嘴皮子時的表情就會自然浮現腦海。

我一邊憋笑一邊穩穩坐進貨斗裡，任由瓦列里開車上路。

那傢伙或許覺得自己很帥，要帥卻總是耍得不到位，不曉得他對此有沒有自覺？

最起碼要是開著到處跑的不是搭槍卡（武裝改裝車），或許還好一點。

「手推小車車（搭槍卡）」是個在貨斗上架設了重機槍的玩意。

比起三百年前的運貨馬車是進步了點，但其他人也在進步。換言之就是沒變強多少。

而現在又是最先進的軍武在追殺我們，所以半點餘裕也沒有。

「喂，它來了！」

我看見宛如甲殼類的裝甲車逼近，立刻拍打與駕駛座之間隔著的鋼板。

「收到，大哥！別摔下去喔！」

「少鬼扯！」我放聲怒吼。「去盧比揚卡，快！」

二手ＧＡＺ卡車發出年代久遠的低吼，衝過莫斯科的馬路。

我在毫不客氣地蹦跳的貨斗上，掙扎著撲向外行人焊接的槍架。

我只看到槍架。

「喂，槍跑哪去了！」

「糗了！」瓦列里大叫。「剛才附近有民警，我把槍拆了就忘了！」

「你這個大天才！」

要是他現在五歲的話可不是打屁股就結束了。我從貨斗角落撿起一個細長布包。

把破布扒掉，裡面是ＤＳｈＫ重機槍。

「唔，喔、喔、喔……！」

但在我喀嚓喀嚓地把它固定在槍架上的時候，特種部隊的阿巴坎發威了。

重金屬子彈砰砰磅磅毫不留情地撕裂帆布，我架好固定到一半的重機槍。

「上啊！」

震耳欲聾的轟然巨響。灑了一地的彈殼。刺痛眼睛的火焰。在裝甲板上閃動的火花。

我照剛才那樣瞄準擋風玻璃，但連障眼法的效果似乎都沒收到。

要是能湊巧打爛一兩台攝影機就好了，但鬼才知道機器裝在哪裡。

——特種部隊果然厲害。

我笑了。伊凡以前也很厲害。要不是用上那種手段，我早沒命了。

「就、就沒有更好一點的車子嗎……！」

「預算有限嘛，小姐！」

瓦列里這麼回答她。卡車把屁股——也就是貨斗連同我——使勁一扭，彎過道路。

我被大幅震盪的耳朵，聽見了立花女士的深深嘆息。

「……大概是真的削減太多了。」

「妳該替『機關』增加十倍預算！」

這麼一來我的報酬也會增加十倍——最好是。好吧，好歹會多給幾張盧布。

至少——對，要對付準備從裝甲車跳過來的特種部隊，開這價碼算便宜了。

就算我的性命只值這點零錢，該拿的還是要拿。

「真的假的啊……！」

我懷疑起自己的眼睛。尾門掀起，從中出現一個穿著防彈裝甲服的小個子。

那人縱身一躍，輕鬆跳上了半空。

應該是小隊長吧。那人的身手異於常人，與其說是生化士兵，更像是猛獸。

就像我只在映像管電視上看過的，潛伏於叢林的豹子那類動物撲過來的模樣。

當然了，我並不是在一、兩秒的剎那間悠哉地想這麼多。

我看到的是那個小隊長在裝甲車車頂上一蹬腳，朝著我這邊跳了過來。

一看到對方右手伸向領口的瞬間，我的身體幾乎是直覺地做出了反應。

「嗚啦——！」

「……唔！」

右腳讓我發出叫聲，一腳踢飛ＤＳｈＫ。

螺絲彈開，只是做做樣子的焊接剝落了。重機槍連同整個槍架一起摔落貨斗。

「——嗚，啊……！」

隨著比想像中音調更高的尖叫——誰都會一時忍不住叫出來——整塊金屬狠狠砸向了小隊長。

嬌小的身軀像小貓一樣被撞飛。從那隻手中掉落的彈簧刀消失在馬路上。

——謝啦，伊凡。我又撿回一命了。

但是，不，這真不是開玩笑的。

在馬路上彈跳著迸散火花，就這麼被鱟魚咬死的只有重機槍而已。

只見小隊長僅在短短一瞬間摔倒在柏油路上，下個瞬間已經像皮球一樣跳起。

然後簡直就像錄影帶倒帶那樣，無聲地降落在裝甲車上。

「死不放棄……！」

「……嘖！」

雖然這怪物是不是人類都很難說，但從駕駛座傳出的哀號當然不是這個造成的。

「我的ＤＳｈＫ！」

「就是因為裝了這種東西才會失去平衡啦！」

我一邊對瓦列里吼回去，一邊在貨斗上到處亂翻想找出下一個手段。

「我給你錢，下次改裝時多用點腦子！」

「好耶！」

車喇叭熱鬧地響了兩、三下。不是只有我一個人嫌吵。

小隊長沒浪費時間，阿巴坎的準星從車上對準了我。

下個瞬間重金屬子彈已經露出紅牙，朝我撲了過來。

卡車帆布被撕開，車身開了洞。瓦列里鬼吼鬼叫，立花女士發出尖叫。

火花四濺，槍彈擦身而過。全身寒毛倒豎。呼吸紊亂。我開始想哭了。

但我繼續黏在卡車貨斗上。就像握緊托卡列夫那樣。

我把再也沒機會派上用場的重機槍彈藥箱踢下貨斗。

霎時間，向外飛散的黃銅色彈殼，發出嘩啦嘩啦聲灑滿了整條路面。

亮晶晶的暗沉金色相當好看，但是踩到這玩意的話就算是車子也會打滑——……

「——才怪！」

鬣魚完全沒把它當一回事，照樣衝過來。我早就知道了。管他的，沒時間了。

我向前伸出波波沙，慷慨大方地開槍。追加這七十發子彈算誤差啦，誤差。

「什——……！」

如果我有替眼睛做機械化手術，一定已經隔著防毒面罩看見小隊長睜大的雙眼了。

彼此之間似乎終於有了心靈交流，但已經太遲了。車上的人自然不可能懂。

下個瞬間，被我用波波沙射中的彈藥箱像煙火一樣炸開了。

爆炸、閃光、誤發彈接二連三四面八方不分敵我哪裡有空間就往哪裡飛。

就算到處亂丟鞭炮也不會這麼誇張。不，那樣也很危險。

往四面八方交錯亂飛的穿甲彈，哪裡不好鑽竟然飛進了奔馳中的鬣魚底下。

當然，那個大塊頭連地雷都承受得住，這點小花招不可能毀得掉它。

但是可以起到煙幕彈的功效，而且效果奇佳。

「你，這……！笨蛋！給我好好開車！」

一瞬間，龐然大物左右搖擺了一下。待在搖晃的車上，小隊長不耐煩地怒罵。

這僅僅幾秒的時間，被我弟弟好好把握且有效運用。

他停止蜿蜒前行把油門一踩，車子加速過彎。就只是這樣。

但我就是希望他這麼做。就是為了這個而拚命爭取時間。

我清楚地看見了飛過頭頂上的標誌文字。

盧比揚卡廣場。

我們在莫斯科到處跑來跑去，開車趕來這裡當然不是為了觀光。

當然了，也不是有事造訪聳立於廣場，在歐洲同樣極富盛名的玩具店本店。

我要去的，是那家**玩具店隔壁的大樓**。

附近鄰居的孩子王找你麻煩時該怎麼辦？而且是最可怕的那種。

打從一開始就不能想著如何打贏。最好的方法就是哭爹喊娘。

不巧的是我沒爹娘。

既然如此，請我們的國家安全委員會——ＫＧＢ（委託人）想辦法就對了。

「混帳！」

諒ＧＲＵ特種部隊再凶悍，也不敢在**ＫＧＢ本部大樓**門口跟人火拚。

做到那種地步就不是騷擾，而是政治問題了。政治很麻煩，誰也不想幹。

小隊長一邊咒罵一邊叫部下踩煞車，鱟魚側滑著停車。

「哈哈——！」

遙望著追兵迅速遠去，我硬是一把扯掉頭套。

冷如刀割的晚風，刮過我發熱流汗的臉頰從旁吹過。

手槍不行，機槍不行，車子也不行。敵人是特種部隊。我是「清理人」。毫無勝算。

既然這樣，能說的跟該做的就只有一件事。

「就是喊『救命』啦！」

◆

等著我——不，等著立花女士的，是一輛光潤水亮的黑色轎車（伏爾加）。

這輛在入夜都能從光澤發覺存在的轎車旁，有個同樣突出於夜景中的黑色西裝打扮。

也真難得看到有人如此公然表明自己的職業。

大概ＫＧＢ都沒在印名片的吧。「清理人」也是。

我勉強爬出跟ＫＧＢ黑色伏爾加有著天差地別，坑坑巴巴的卡車貨斗。

同樣是ＧＡＺ製造，老天卻是這麼不公平，真令人無奈。

一個是筆挺無皺痕的西裝，一個是皺巴巴的防彈衣。我的心情大受影響。

「庫拉金同志，你表現得很好。」

「這沒什麼啦。」

被黑衣人這麼說，我略微聳肩地回答了。

對，這沒什麼。我只是盡力而為，結果就是如此。
假如特種部隊是玩真的，我早就死了。立花女士與瓦列里也是。我能做的也就只是這點程度的工作，但總算是完成使命了。
「一切順遂，對吧？」
「當然了。」
「太棒了。」
當我如此低語時，瓦列里已經在把立花議員請下卡車副駕駛座。
應該是看電影或漫畫學的，但挺有模有樣的。如果沒有千瘡百孔的卡車會更好。
「小姐請。這趟兜風還算愉快吧？」
「還、還好……對，的確相當刺激。」
議員一邊讓他牽著手從副駕駛座下車，一邊對他甜甜地微笑。
就算我們的祖國哪天改行民主主義，她的前途想必同樣安穩。
立花女士把鞋跟踩得喀喀響，優雅地與我擦身而過。
「謝謝你的幫助。我這次才知道，原來還有像你這麼優秀的『清理人』。」
「過獎了……今後請繼續惠顧。」
「彼此彼此。今後有需要一定請你幫忙。」

於是她就像個女演員那樣，也就是像絲塔西婭一樣優雅地坐進了伏爾加的後座。

我看到這裡，才終於鬆一口氣。然後跟黑衣人講正事：

「所以，報酬呢？」

「『暴雪』會拿給你。」

黑衣人看都沒看「清理人」或他的弟弟一眼，轉身就坐進駕駛座。

然後，隔著上好的防彈玻璃送來一句話：

「再次感謝你的辛勞，庫拉金同志。」

「不客氣。」

我不知道對方有沒有聽見我的回答，甚至有沒有打算要聽。

當我說完時伏爾加已經上路，帶走了立花女士。

無論「機關」打的是什麼主意，既然對方打算放她一馬，那應該安全了。

我的工作結束了。

到頭來我能活著，全都得感謝各組織之間的角力與手下留情。

政治局、KGB還有GRU。「清理人」只是站在這複雜奇怪的網格之間而已。

我沒有餘力確認冰層的厚薄，只能在它上頭不斷起舞。

每次只要意識到這點，就讓我感到如履薄冰。

「哥、瓦列里，你們辛苦了。」

「唔喔！」

所以當瑪麗亞冷不防地從暗處冒出來時，第一個嚇得跳起來的是瓦列里。

從黑影中無聲走出來的她，身邊緊緊跟著姿態宛如黑貓的諾拉。

諾拉絲毫不隱藏滿臉的賊笑，在我面前愉快地伸縮她的指甲。

「喵嗚～♪」

「怎麼，妳們倆都來啦。」

「哼哼。」聽我這麼說的諾拉一臉得意。

「我是來幫瑪麗亞姊姊的。這樣你就沒話說了吧？」

「好吧。」

我給瑪麗亞使眼色，她帶著苦笑點頭。看來諾拉沒在說謊。那好吧。

緊貼著千瘡百孔的愛車的瓦列里，當然也不會默不作聲。

弟弟動作誇張地摸摸胸口，對著想嚇死人的姊妹罵道：

「不要這樣啦！差點把我嚇死！」

「啊哈哈，看瓦列里嚇的！」

「別接這點案子就嚇得心驚肉跳的。這在莫斯科是家常便飯吧？」

「其實我也被妳們嚇到了。」

聽我哈哈哈笑了起來，諾拉開懷大笑，瑪麗亞的眼神變得凶巴巴的。

不過老妹似乎也沒打算對現在的我說教。看來她願意放我一馬。

瑪麗亞尖銳地啐了一聲，接著從口袋拿出信封交給我。

「哥，這給你。」

「好。」

信封裡頭裝的當然是整捆的盧布紙鈔。

我毫無意義地翻了翻整齊疊好的新鈔。

實在沒辦法像皮斯孔夫人表現得那麼瀟灑。

我把整捆紙鈔分成兩疊，一疊用橡皮筋綁起來，然後把另一疊塞給瓦列里。

「……不好意思啦，大哥。」

「別多說，拿去就對了。你有做事，像個男人一樣幹活。收下吧。」

我沒理會霎時變得不知所措的瓦列里，把整捆紙鈔塞進了這小子的口袋。

不這麼做他就不肯收，沒錢要怎麼修車？

我瞪著弟弟的眼睛，保險起見叮嚀他一句：

「這是工錢跟修車費。別給我揩油水拿去亂花。」

「……知道啦。」

看到他不情不願地點頭，這事就此作罷。

我把剩下的整捆紙鈔分成三份，其中兩份用橡皮筋綁好，交給瑪麗亞。

「這是生活費。平常的吃喝還是啥的從這裡頭拿。」

「哥……這——……」

瑪麗亞似乎有話想說，但我一點也不感興趣。

我沒念過書，也不太會算數。這種事瑪麗亞比我在行。

但是就連我也算得出來，錢這玩意永遠不嫌多。

「別給我揩油水拿去亂花喔。」

「…………好。」

聽我這麼說，瑪麗亞才總算收下整疊紙鈔，當個寶似的緊緊抓在手裡。

大概會放進藏在家中牆壁縫隙的空罐裡收好吧。

還是說她的存錢筒已經換位置了？我是不會特地去找啦。

我把最後剩下的整捆紙鈔——薄到有點稱不上捆——用橡皮筋綁好，收進了口袋裡。

對，這樣就結束了。

盧比揚卡廣場的「機關」大樓前一向冷清。

夜色已深，早已無人路過。遠處傳來車聲和槍聲。

呼出的氣息隨即被街燈照出顏色，輕柔地飄過我眼前，漸漸融於空氣之中。

到處奔跑帶來的熱度轉眼間降溫，扎人的酷寒往全身上下猛刺。

「欸，丹納哥哥！」諾拉叫了起來。「我的分呢？」

「妳這次——」瓦列里這麼說了。「又沒幫上任何忙。」

「咦，我也有做事啊！」

「做了什麼？」

「護送瑪麗亞姊姊！」

諾拉鼻子噴著粗氣，挺起跟姊姊差不多的胸脯。瓦列里對此嗤之以鼻。

「那妳應該跟大姊要啊。找大哥幹嘛！」

「惡劣！瑪麗亞姊姊，瓦列里欺負我！」

「你們兩個都別吵了。唉，真受不了……哥！」

「好。」我說了。

我伸出雙臂，用力拍了一下三個弟妹的背摟著他們。

「我們回家吃飯吧。」

◆

「喂，同志，你聽說了嗎？」

「聽說有個傢伙跟『水族館』開幹，藉此撈了一筆喔。」

「哦，跟特種部隊嗎？真有一套。」

「這有什麼，反正活不了多久啦……」

◆

說得對，人都總有一死。

我也會耳聞其他「清理人」的流言蜚語，偶爾也會加入他們一起閒扯淡。

有時一些公認能幹的「清理人」會成為話題，不久又消失了。

是死了或者退隱了，還是換地方了，我完全不知情，也沒興趣。

跟暗巷裡的傳說——長年在暗影中輾轉相傳的魔女之家的怪物那種童話故事，完全無法相提並論。

© Noboru Kannnatuki

我既不是「老師」，也不是伊利亞．穆羅梅茨上尉。
隨處可見，論斤賣的一流人才，也就是這樣了。
「嗯，啊……」
手指滑過配合嘆息細微顫動，如陶瓷般的乳房稜線。
她像是在潔白床單之海中溺水，扭著身子發出嬌喘。
——誰從中得到了好處？
KGB不但節省了預算，還賣了經濟部一個人情。
GRU沒有損失人員，發出了一定程度的警告。
立花女士撿回一命，稍微放寬了對GRU的管束。
瑪麗亞工作做出成果，各方面的事情圓滿收場，也拿到了錢。
然後是我。
我活了下來，付了錢，正在愛撫白皙美麗且形狀優美的稜線。
然後手邊只留下一件長年使用的開洞防彈衣。
「丹納。」
她忽然叫了我的名字，白皙玉手揉亂我的頭髮。
我的鼻尖就這樣墜入雪嶺，我深吸一口香皂甜香讓它充盈肺部。

「你分心了，對吧……？」

抬起視線，就看到我的摯愛。

臉頰泛起紅暈，眸子水波蕩漾。

是我讓她變得如此，這個事實最是刺激了我身為男人的部分。

「你只可以想著我，不然我要不高興了。」

「……妳願意幫我縫衣服嗎？」

一個吻成為了回答。

「嗯……丹……納……丹納……」

急促連續的嘆息顯得很難受。絲塔西婭呻吟著尋求空氣，深吻我的口唇。

舌尖略有遲疑地伸來，隨即像情侶般互相交纏。

我回應了她的需求。

「呼啊……啊……嗯，丹納……嗯……啊，丹納……丹納……」

過去的一百盧布對我來說，是足以買下全世界的大錢。

但現在呢？買得起這一晚就算不錯了。

所以我盡可能地溫柔，用上所有心思來愛她。

因為一個「清理人」能做的，頂多也就這樣了。

可愛的女人

「『清理人』，你好大的膽子！」

「你死定了！」

好吧，無論是誰被兩個生化士兵追著跑，基本上都算一腳踏進了棺材。從集合住宅二樓跳下扭傷腳的「清理人」，更是幾乎等於宣告死亡。

「嘖，就是這樣我才討厭裝避震器的傢伙……！」

我一邊咒罵著對方的彈簧腳，一邊在積滿灰雪的暗巷裡翻滾。

我自認大致上熟悉莫斯科的每條暗巷。這是因為多虧鋼鐵人閣下的付出，每條巷子都長得一樣。

才剛一跛一跛地撲進掩體後方，水泥牆立刻像蟲啃似的被轟出破洞。

「混帳東西！東躲西竄的……！」

我也知道咆哮吼叫的生化士兵手上，拿著一把大到誇張的自動手槍。

只有白痴或者落魄退伍兵，抑或兩者皆是，才會拿著ＶＡＧ七三這種玩意兒射來射去當好玩。

因為這玩意的子彈，可是比絲塔西婭的口紅還粗的**火箭彈**。

更糟的是我記得裝彈數是四十八。殺個人不用開到那麼多槍，尤其是生肉更不用說。

那傢伙接連著用全自動射擊打中牆壁，所以可以確定我死定了。

我希望對方是個白痴，但我在暗巷裡跑來跑去也不是對此抱持期待。

對方可是黑幫的保鑣。我十五歲時就領教過他們的厲害。

「來啊！」

我怒號著扭轉身體，扳動了衝鋒槍的扳機。

霎時間，七‧六二毫米的托卡列夫手槍彈像水管灑水那樣飛出。

它們擴散飛向整條窄巷，打中衝第一個的生化士兵迸出火花。

「唔哇……！」

「搞屁啊，沒種的東西！」

推開前面那個搖搖晃晃的同行，另一個人一邊讓裝甲刮響牆壁一邊擠過來。

——這得怪你沒做些體操減重。

我一邊喃喃自語著講給絲塔西婭或諾拉聽可能會被指甲抓傷的事，一邊彎過下個轉角。

不，瑪麗亞可能也會。畢竟那傢伙老是窩在房間裡嘛。我拆掉波波沙的彈鼓。

下次叫瓦列里把瑪麗亞弄出房間好了。我把空彈鼓往背後一丟。

槍聲啪嘰一聲響起，彈鼓在空中變形炸飛。

「你的手榴彈沒用了！」

「哇喔！」

真高興他把那個看成手榴彈。我在頭套底下抽動嘴唇，奔向下一個轉角。

這下子就十槍了——如果是伊利亞．穆羅梅茨上尉的話，大概會像這樣數槍聲等子彈射光吧。

但很遺憾的，我不是穆羅梅茨上尉。

開了十槍還是二十槍根本記不清楚，更何況你們先想想VAG七三的裝彈數。

等兩個人合起來朝我射出九十六發之多的火箭彈，我早就成碎肉了。

我之所以還活著，是因為我在窄巷裡四處翻滾。對方也會很快就想出對策。

當然如果那兩人是白痴的話就另當別論，我也希望如此，但不值得期待。

一個生肉「清理人」正面迎戰兩個生化士兵，並撂倒他們。

就算有老天爺這種非科學存在保佑我也不可能辦到。

也就是說——看樣子我今天還是只能盡力而為了。

◆

「好了，丹納。你今天不是又要幫瑪麗亞做事了嗎？」

「那傢伙從以前就不懂得尊敬大哥。」

我一邊毫不客氣地窩在柔軟的靠墊裡放鬆，一邊看著絲塔西婭的屁股。

貼身牛仔褲看起來實在很緊，實際上把手指伸進去時還會被屁股的肉壓住，一點空隙也沒有。

所以每當絲塔西婭抬動她的蜜大腿時，我總是好像能聽到它發出緊緻的擠壓聲。

現在我能體會小孩子看手搖鈴玩具看不膩的心情了。

「整天像暴風雪一樣冷言冷語的。」

「那是在跟你撒嬌啦。」

「是嗎？」

「是呀。」

俏臀發出緊緻的擠壓聲轉過去，絲塔西婭的微笑朝向了我。

只要絲塔西婭甜甜微笑著點頭，那就一定沒錯。她總是說得沒錯。

而且她帶著這句話從廚房現身時，雙手還端著熱呼呼的鍋子。

我把對妹妹的抱怨丟到一邊摩擦雙掌，低聲說著：「太棒了。」

「來，羅宋湯好嘍。」

「好。」

從第一次吃到至今已經過了好幾年，絲塔西婭的羅宋湯多出了不少料。

我真心為此感到高興，也很開心能有幸一嚐。一件壞事也沒有。

我埋首於放在眼前的高級碗盤，狼吞虎嚥起來。

羅宋湯其實有很多種類，我喜歡放甜菜的紅色羅宋湯，上面再加點斯美塔那酸奶油。

應該說是後來喜歡上了。能果腹就好的東西，不可能去管喜歡不喜歡。

我與弟妹們的喜好，大多都是絲塔西婭教出來的。咖啡也是。

於是我把燉爛的大塊牛肉塞進嘴裡，咬開柔軟且有彈性的肉塊享受它的滋味。

換成平常的話，我會為它深深著迷。沒幾件事比絲塔西婭的羅宋湯來得重要。

但比起絲塔西婭的羅宋湯，更重要的是絲塔西婭正笑吟吟地盯著我看。

絲塔西婭雙手支在餐桌上托著臉頰，一語不發地望著我。

瞇著眼睛，笑容可掬。她心情愉快是好事，但我不喜歡那種把我當成孩子看的眼神。

我開始對自己的饞相感到丟臉。握著湯匙說道：

「……妳不吃嗎？」

「我喜歡看丹納吃。」

我啐了一聲。絲塔西婭見狀，竟然顯得更加開心，只差沒開始哼歌。

這下我豈不是真的成了小孩？真讓我不爽。

我毫無意義地轉動湯匙攪拌空氣之後，勉強開口：

「……好了啦，妳也吃啦。妳盯著我讓我吃不下飯。」

「是是是，那好吧。」

絲塔西婭如此說完，才終於開始吃起自己煮的東西。

她的舌頭就像貓一樣敏感。跟我喜歡愈燙愈好的舌頭大不相同。

所以絲塔西婭會用湯匙一小口一小口把羅宋湯一次一點地舀到嘴邊。

噘起嘴唇，努力地呼呼吹氣，再慢慢含住湯匙。

然後嗯嗯點頭確定自己煮得好吃，再把那一小口嚥進喉嚨裡。

這每一個動作都優雅至極，讓我感到佩服，心想原來這就是所謂的禮儀規範。

但我也覺得好像從昔日第一次一起吃飯時開始，絲塔西婭的氣質便始終如一。

這麼說來，這或許是絲塔西婭與生俱來的特質也說不定——……

「…………丹納？」

「嗯？」

所以當絲塔西婭瞇著眼睛瞪我的時候，我也立刻就注意到了。
她在不高興什麼呢？是不是湯匙泡在羅宋湯裡很沒規矩？
看我歪著頭，絲塔西婭默默地招手。我探身向前。絲塔西婭也是。
「……嗯。」
絲塔西婭雙手撐在餐桌上，給了我小鳥輕啄般的親吻與舌頭。有羅宋湯的味道。
別擔心，絲塔西婭的羅宋湯就算涼了還是人間美味。
就這樣，這天我依然照常度過了日常生活。

◆

「你總算是下來啦，丹尼拉·庫拉金。」
「……妳好。」
所以，我當然也得跟這老太婆碰面。
格柵門哐啷一聲打開就迎面看到皮斯孔夫人的鷹勾鼻，會把我嚇出心臟病來。
有時候我會覺得，我把戈比投進電梯會不會就是為了見她。
下次走樓梯看看好了。雖然那樣好像又會被她預先埋伏。

「怎麼，今天梳過頭髮、弄掉泥土與灰塵才來的啊。也就是說你平常都在偷懶了。」

只要皮斯孔夫人一站過來，這棟豪華飯店的豪華門廳就立刻成了她專屬的舞台。

舞台女主角動作理直氣壯地伸出鳥爪般的手指，用力戳著我的肩膀與側腹。

「但上衣還是穿得這麼土氣，又把**玩具**帶來，真教人無法恭維！」

老實講被重金屬子彈打到都還沒這麼痛。不然就是夫人的手指是用重金屬做的。

我一邊被抽痛的肩膀弄得齜牙咧嘴，一邊噘起嘴唇頂回去：

「那是因為伊凡告訴我，來這裡的路上最危險啊。」

「我看危險的不是我們這裡，是你自己吧。」

一點面子也不給。她說得完全正確。

絲塔西婭永遠是對的，而皮斯孔夫人也一樣。

別看這老太婆瘦小細弱，比她大上起碼十倍的生化士兵都沒她擅長正中要害。

我要是在暗巷裡碰上她，已經做好丟下衝鋒槍舉雙手投降的準備了。

不過幸運的是，皮斯孔夫人不會做出那種粗俗的行為。

然而不幸的是，現在這個當下，她就在我眼前。沒得逃跑。

但是，好歹我也是個有擔當的「清理人」。不會毫無防備就笨笨地跑來。

我感覺整個人膨脹了一圈，把防彈衣上簇新的補丁秀給她看。

「再說了，妳看。絲塔希婭幫我縫補得多好啊。」
「是我教她的針線，縫得好是當然的。」
我沮喪地縮小了兩圈。
皮斯孔夫人見狀，鼻子哼了一聲，對我投來完全不講情面的一句話：
「真要說的話，你少拿這種事情煩女演員。要是刺到手指頭怎麼辦？」
「……是。」
「下次拿來給我，知道嗎？」
皮斯孔夫人鼻子哼了一聲，舉止優雅地對我伸出手掌。
我乖乖從口袋拿出信封，數好盧布之後，交到她手裡。
「請收下。」
「很好。」
皮斯孔夫人就像貴婦收起扇子的動作，把信封收進禮服裡。
我看到她這樣，才終於安心地呼出一口氣。
「好吧，衣服就不跟你計較了。你穿著晚禮服過來也不會好看到哪去。」
打腫臉充胖子只會顯得更愚蠢。夫人講話雖然毒，但我也覺得有道理。
先不論我那些弟弟妹妹，像我這種充其量只會數子彈的「清理人」跑去莫斯科大劇院也不能怎樣。

但是趁對手大意時突襲是「清理人」的基本戰術。

而皮斯孔夫人作為女演員自是一流，當起「清理人」恐怕也會是一流。

「不過，你如果要來看表演的話，好歹得給我打個領結再來。」

皮斯孔夫人的這句話讓我「嗚」地一聲發出呻吟。叫我來看表演。這我明白。

夫人雖是個毫無半點同情心的人，但要等到我不服管教的時候才真正夠看。

我仰望天花板的繪畫，希望能找到好藉口開脫。

我不知道那是誰畫的，只覺得一定是用了很長的梯子。

有綁安全繩嗎？

大概沒有吧，但一定是用了超乎我想像的好方法畫的。

看到我又縮小了一圈，夫人好像很受不了我似的瞇起眼睛。

「你的收入都夠乖乖付我錢了，總不至於買不起門票吧？」

「絲塔西婭登台的表演，門票總是在三個月前就搶購一空啦。」

「你不會提前四個月預購啊。」

說得有理。結果我只能投降，說出另一句話：

「……下次再看看。」

「一味拖延不會有好結果的！」

「……是。」

◆

「真是的，婆婆說得沒錯喔，哥。」

說得對。「清理人」從來不敢討論明天。

在小歸小但令人愉快的我家一隅，我只能點頭接受妹妹的教訓。

不過害這條下水道變得特別狹窄的原因，其實也是我這出色的妹妹造成的。

我說真的，這麼多的計算器──就電子計算器嘛──真的用得到嗎？

瑪麗亞分配到的水泥管裡面，總之就是一堆的機械、電信線，以及映像管顯示器。

那麼多台顯示器層層堆起，感覺會看到脖子痠痛。

我覺得再怎麼努力也不可能同時看見每一台，也不可能一次全部用來計算。

況且就算準備再多台計算器，計算速度應該也不會變快多少吧。

然而聽我這麼說，瑪麗亞卻鬧彆扭地說：「就是會算得比較快嘛。」

簡言之就是跟哥哥要東西的小孩子理論。但我在那段時期，其實也很寵妹妹。

還記得當時我想方設法，才弄到了幾台計算器搬到家裡來。

「哥屬於火山孝子那一型的，所以不好好管你就會餓死在街頭。」

可是她卻給我講這種話。外加房間的這副慘狀。站都沒地方站。

不得已的我只好在下水道的牆邊罰站，看著瑪麗亞敲打終端機的鍵盤。

當然——不是行動終端電子ＭＫ一七〇。

那台小計算器，現在緊緊嵌在叫做電子ＭＫ一七二的機台上。

其他還有一大堆機械淹沒牆壁，有些是我搬進來的，有些是用其他方法弄來的。

牆壁指的就是房間的左右兩邊與底端，更糟的是地板上也差不多。

機台層層重疊，電信線像蜘蛛絲一樣打結，磁帶在它們之間應聲轉動。

「我很擔心妳是不是想把這裡變成聯邦（SSSR）科學院的電腦室。」

據說具有合眾國超級電腦數倍以上性能的厄爾布魯士，一定也是弄成這樣吧。

望著發出嗡嗡低吼的計算器與映像管顯示器，我唉聲嘆氣了半天。

「妳也該學著整理房間了吧。這樣會沒有男人要養妳喔。」

「嘖……同志，你遲到六分鐘了。」

作為回答，我得到忿怒的咋舌與冰冷的口氣。瑪麗亞讓椅子軋軋作響地轉過來看著我。

「對啊，我是在人家家裡吃過飯才回來的。」

「大情聖了不起嗎……」

老妹或許以為自己依然一臉的聰明優雅，實際上一眼就能看出她臉很臭。

想必不是因為從軍用水壺喝到的咖啡太苦了。

「也給我一杯吧。」

「是蒲公英喔。」

「……砂糖呢？」

「替代品。」

我覺得不難喝啊。瑪麗亞說得一臉沉靜。

但很遺憾，我沒那興趣喝替代咖啡加替代(鹽)砂糖。

我放棄了，稍微舉起雙手。

「好吧。來談公事吧，同志。」

「好，就該這麼做。勞動最光榮了，同志。」

瑪麗亞大概是欺負哥哥過癮了，心情愉快至極地用修剪整齊的指尖敲打幾下鍵盤。

磁帶發出咕嚕咕嚕聲轉動了，終端機讀取內容後嘎嘎地運轉。

不久機器一邊喀嗟喀嗟地磨牙一邊吐出列印紙，瑪麗亞優雅地將它撕下。

「這次是來自幾位黑幫人士的委託。」

「組織犯罪。很高興這麼符合『清理人』的風格。」

視線落在遞給我的紙上。跟「機關」那幾位不同，黑幫的委託簡潔扼要。

打字內容只有地址和日期，以及要我儘量引起騷動。

「……聲東擊西？就是大鬧一場，然後找適當時機開溜嗎……」

可以猜到大概是幫派砸人據點。但是沒有一個「清理人」會想多問細節。

我一邊比對腦中的地圖與地址，同時只問該問的事：

「報酬呢？」

瑪麗亞沉默地舉起一根手指。盧布紙鈔一捆。跟上次一樣。

公家機關與黑幫給的價碼一樣，不知該說政府小氣，還是黑幫出手大方。

「大家都說你是便宜、方便又好用的『清理人』。同志，你可是搶手貨呢。」

「同志，勞動是很光榮沒錯，但待遇就不能再好一點嗎？」

「不想接的話我可以另找客戶。」

莫斯科論斤賣的一流「清理人」，可是多到隨便開槍都會射中。

多到可以賤價出售。恐怕只有「老師」或是真正頂級的那幾個才能享有特別待遇。

我只以兩句話回答。

「不，我很樂意。」

規避風險是「清理人」的鐵則，但工作危險是當然的。

在這種時候滿口怨言的傢伙，不會再有案主上門。

瑪麗亞的話或許還是能幫我想辦法，但我沒打算讓妹妹幫我擦屁股。

反過來的話——就難說了。小時候是會，但她後來漸漸開始會害羞，不讓我幫她。

「不過至少給我點目標的情資吧。我可不想隨便亂殺進去被幹掉。」

話雖如此，還是得盡力而為。現在能問的就先問清楚。

「我這邊多少也做了點調查。」

瑪麗亞如此說完，椅子轉過去背對我，面對著映像管顯示器。

她的白皙手指起舞般在鍵盤上蹦跳幾下後，螢幕開始顯示出整排綠色的0與1。

真是有害視力的光景。我完全不懂從這當中能解讀出什麼資訊。

撥號聲之後，是有如尖銳哨聲的連線聲。我知道這叫做遠端演算。

但是也就只知道這些了。直到瑪麗亞接收到電腦的天啟之前，我只能站著發呆。

我也沒多想，從櫃子角落抽出一款電子遊戲。

在液晶畫面裡，色彩模糊的伊利亞．穆羅梅茨上尉正在開槍幹掉惡棍。

這個穆羅梅茨上尉跟漫畫不一樣，似乎中個兩、三槍就會死掉。好有親近感。

「目標是某個組織擁有的廉價集合住宅。」

我。

隔著電子音效，瑪麗亞用鳥囀般的聲音平淡地提供著情報。椅子摩擦出聲，她接著看向我。

我放棄模仿穆羅梅茨上尉，送了色彩模糊的他最後一程。爆炸四散的電子音效。

「居民呢？」

「全都是不存在於電視上的職業。」

我皺起了臉孔。我從十五歲的時候起，就知道那是什麼樣的場所。

「瑪麗亞，我想妳應該知道……」

「哥，我知道。」傻眼的語氣。「目標是保鑣。」

「那就好。」

不，一點也不好。只是對我來說還好。

「人數推測有九人。其中生化士兵有——九人。」

對我來說也不好。

我祈禱是我聽錯了，重問一遍：

「……叫一個生肉跑去有九個生化士兵的妓院聲東擊西？」

瑪麗亞沉默地點頭。哥，你說對了。

「白痴啊。」

「總比跟『水族館』全面開戰來得好吧，同志？」

「該死！」

我不想在妹妹面前講這種遭天譴的話，但人生在世有時就是會忍不住爆粗口。

而且我早在很久之前，就學到一味隱忍沒好處的道理了。真是幸福。

「反正是聲東擊西，給對方一拳然後跑掉不就好了？」

也許是老哥的臭臉太好看了，瑪麗亞瞇起她的鳳眼看著我。

「又不是要你去趕盡殺絕。對方也沒期待你這麼做。」

「那還用說。」

要是抱持那種期待的話等於是叫我去死，換言之就是圈套。從報酬來看不可能。

或者另一個可能，是黑幫的老二嗑藥嗑太凶了。好吧，這也沒可能。

既然如此，也沒別的選擇了。

「好吧，我盡力而為。」

「好的，拜託你了。」

妹妹毫不懷疑我的說法。從以前就是這樣。所以我才會拿她沒轍。

轉身背對又開始敲鍵盤的瑪麗亞，我準備離開房間。

「啊，對了。」

「——？」

我把手放在門上——當然是我們勉強搭上去的——只把頭轉回來。

「忽然想到，瓦列里跟諾拉在幹嘛？」

「他去看車子了。開心得很。」

瑪麗亞微微嘆了口氣，是在對弟弟亂花錢表示傻眼。

我只能請她睜一隻眼閉一隻眼。是我叫他去買的。

「有一輛好車很重要啊。那傢伙工作要用到。花錢買好一點的當然比較好。」

「哥你還好意思……………沒什麼。」

瑪麗亞輕輕搖了個頭，被映像管照得蒼白的黑髮柔順地晃動。

我想想另一個髮色相同的妹妹。算了，沒差。我知道她在到處找樂子。

看來瑪麗亞也跟我一樣，讓椅子發出「嘰——」的一聲轉過身來，臉上露出苦笑。

「諾拉應該是去找醫生了吧？」

「那我去做點事前調查，順便打聲招呼吧。」

「……手下留情啊，哥。」

那當然。我才不會對「醫師」有所冒犯。

泡在那裡不走的黑貓就不知道了。

◆

莫斯科總是溫暖地迎接我。因為有熱水管。

灰色的城市，灰色的天空，飄落的灰雪，呼出的模糊白霧。

以奧斯坦金諾電視塔為中心伸出的電信線，如蛛網或神經般覆蓋頭頂上方。

然後是宛若巨人腸子般蠕動的暗銀色管線。內臟外露這麼多的話就是致命傷了。

我們擠在它們之間求生存。克里姆林宮是腦子，我們就是血液。

所有物資都被運進莫斯科。然後任由人民隨意分配。

我們到死之前只能瞎忙，不停循環就對了。

不支倒地一命嗚呼時，立刻就會有新的血液進行新陳代謝。偉大的祖國永遠不滅。

「別讓孩子病死！尋求醫師的協助可以減少墓碑的數量。」

「專為人民設計的新型電視機ＫＶＮ一六〇，進貨。已組裝。附映像管爆炸保險。」

「廣播與唱片一次享受的智慧結晶，明斯克型收音機，各種型號販賣中。」

「養成使用牙膏的刷牙習慣！」

「團結才是通往勝利的蹊徑！用人民的力量讓莫斯科奧運二一六〇邁向成功！」

「皮斯孔劇團最新歌劇，主演女伶為莫斯科小姐——」

彷彿在推著我們往前走，高爾基大街還是一樣充斥著廣告宣傳。

即使是莫斯科最大的鬧區，現在的我也能光明正大地走進去了。

然而，遇到無論看幾遍都看不習慣但也看不膩的微笑，我快步從她面前走過。

坦白講，一想到接下來要去的地方，就讓我感到對不起絲塔西婭。

不，真要追究的話其實我的所作所為全都對不起她，所以現在想這些也太遲了。

俗話說偷三戈比受絞刑，偷五十戈比受尊敬，但那是鬼扯。

像我賺了一千盧布，還不是一樣是「清理人」。

所以我不覺得自己正在走入暗巷，當然不是因為這個理由。

我現在要去見的是不存在於電視上的職業，一群比我了不起得多的女人。

萬一被絲塔西婭知道的話，她會捏我的屁股。那個還滿痛的。

我一邊對佇立路旁的女人們擺好臉色表達敬意，一邊悠閒地漫步前進。

假裝想找今晚的伴，但沒錢去酒吧把妹，因此決定只看不出手。

這也是事實。

高檔的——意思是受過教育與訓練的那些人。沒有一個女人不是美女——女人們都待在酒吧。

更高檔的女人們，不會主動找伴。對方會自己送上門來。像我就是。
出現在這裡的，都是不屬於那個圈子的男男女女。
更別說被那些黑幫關在同一棟集合住宅裡的女人們。
她們的價碼大概遠比那些交際花低廉，等於是用完即丟吧。
不然就是專門用來做交際花絕對做不來的事情。
再不然就是兩者皆是。
「……嘖。」
即使在一堆相差無幾的灰色立方體（還是叫做長方體？）當中，我仍一眼就認出它來。
在暗巷裡打滾個幾年，就會慢慢培養出一種類似嗅覺的感覺。
那類地方碰不得。就算想找地方睡覺，一旦誤闖那種地方就會出不來。就是那種房屋。
還算乾淨，但又有點髒。聽起來矛盾，這棟集合住宅就是兩者兼具。
雖然飽經風吹雨淋而弄得有點髒，但牆上沒有任何塗鴉或貼紙等等。
席地坐在門口的不是美女，而是穿著愛迪達運動外套的混混。
錯不了，是黑幫分子的跑腿小弟。
一群人生樂趣只有吃飯、喝酒、女人、毒品與蠢話，對其他事物也不感興趣的傢伙。
應該說他們懂的也就這些了。我也沒好到哪裡去。所以才會被上頭使喚來使喚去。

我看不會是打手。所以也不是保鑣。

——真麻煩。

這種貨色被穆羅梅莢上尉打個兩、三槍就會死。是我也會死。

問題是現在不是時候。眼前被這些傢伙糾纏只有壞處沒有好處。

各種蔬菜都有它的時令，吃午飯要有勺子。

我是來偵查的，不是來做魯莽的突擊隊。

現在該怎麼辦呢？老樣子，在巷子裡到處徘徊而已。

我沒打算進去作客——先不論有沒有那個能耐。

雖然沒這打算，但是只會在外面盯著看就變成跑腿的小鬼了。得做點男人的工作才行。

——話雖如此。

我從正面到背面繞了一圈，不管從哪裡來看，都是隨處可見的便宜妓院。

白緊張一場了嗎？絲塔西婭那地方可能讓我的感覺有點脫離現實。該反省反省。

進去很簡單，問題是進去之後怎麼辦。更正確來說是怎麼解決裡面那些傢伙。

這下該怎麼辦呢——我正在思考時，真的只是湊巧，聽見了那個聲音。

喀的一聲，是鞋跟敲擊混凝土的聲音。門口的跑腿小弟站了起來。

看來是女人出來了。跑腿小弟口吐兩、三句下流言詞，讓路給那人。

「唷，母狗。廢鐵嘗起來是什麼味道？比生肉好吃嗎？」
皮斯孔夫人要是聽到這句話絕對會動手打人，但女人的聲音充滿了輕鬆自若的笑意。
「那種事我怎麼會知道。」
是個身形修長，讓人想猛撲上去的紅髮女人。
白色大衣貼合著身材，每當鞋跟踩出聲音，腰肢便優雅地彎曲搖晃。
外套讓能見部位受限，但能窺見身體線條幾乎包藏不住得凸顯在衣服上。
紅色長髮如火海般豔麗，戴著的帽子就像海面上搖曳生姿的小舟。
感覺跟這種偏僻場所很不搭調，對，這樣的人應該出現在烏克蘭酒店才對。
不過真要說的話，我比較喜歡頭髮染紅的絲塔西婭——……好吧，先不說這些。
——這似乎是個好機會。
要說來得正是時候也對。不過所謂的幸運大多都是如此。
我悄悄尾隨那個悠然走在路上的女人。她心情好到都快開始哼歌了。
在這種時候，我總是會很緊張。不先攀談就無法行動。
沒什麼，雖然俗話說「好奇女孩會在市場被割掉鼻子」，但問個問題不至於挨揍吧。
「嘿，美女。」
「是！」

我覺得她的回話方式就像知道自己是美女。

女人簡直好像知道我會向她攀談似的，喜不自勝地轉過頭來。

兩眼像小孩子一樣晶亮，但就像是盯著老鼠的貓一樣想把我看透。

我倒抽一口氣，但毫不遲疑地踏出一步。否則這一切有何意義？

「可以請妳喝杯咖啡嗎？」

我補上了一句。

「當然是真貨，加糖。怎麼樣？」

◆

「我叫諾拉。艾蕾諾拉。」

紅髮的艾蕾諾拉，極其寶貝地一次次重新捧好熱熱的咖啡杯。

就近一看，她年紀大概跟我差不多，卻不可思議地帶點稚氣。

跟絲塔西婭相處讓我學到，女生只要改變裝扮，就會給人截然不同的印象。

唯獨從衣服領口微露的白皙頸子上，掛著的那條鍊子有種奇妙的成熟韻味。

「我妹妹也叫這個名字。」

「哎呀，那可真巧。」
不過她總是自傲地說，那是拿她崇拜對象的名字來用就是了。
剛才女人說「我很樂意」並跟了過來，現在蹲在我旁邊啜飲咖啡。
我不介意請她喝真的咖啡，但要找到賣真的咖啡的店卻不容易。
結果只找到一個移動式咖啡攤，我用硬幣付錢買到了兩杯鍋煮咖啡。
在莫斯科的路旁，我們挨在一塊啜飲咖啡。一男一女，一坐一站。
不過是稀鬆平常的景象罷了。
我看著全是一個樣的灰色混凝土群體，以及走在它們前面的人群。還有灰色的雪。
在這種時候，我總是不知道該如何打開話匣子。
妳們那裡有正妹嗎？是哪種氣氛的店？
有像我這樣的女生喔。是那種會讓人興奮期待的店。
我們有一搭沒一搭地，反反覆覆講著這種無傷大雅的對話。
這是天分的問題。
我是抱著衝鋒槍日夜奔忙的「清理人」，不是情場好手伊利亞·穆羅梅茨上尉。
「可是不會很辛苦嗎？」
「什麼很辛苦？」

「生化士兵。」

我說出口了。

「他們對生肉女生來說太重了吧？」

「哦。」她顯得很意外地睜圓眼睛之後，「這個嘛——」微啟雙唇如此低喃：

「我懶得理他們。」

呵呵呵。艾蕾諾拉露出無憂無慮的微笑。

「不合我的胃口。」

這沒什麼好不可思議的。不存在於映像管中的女人，全都既脆弱又可憐嗎？

那不過是男人為自己打造的幻想罷了。

她們堅強且有毅力，能用自己的雙腳站立並前進。甚至不需要我的幫助。

「所以呢，好吧，就提不起勁這點來說，是滿辛苦的。」

「這樣啊。」

艾蕾諾拉把嘴巴湊到杯緣，呼呼吹氣。視線隨著白煙揚起。

「真是的，就是所謂的山中無老虎，猴子稱大王啦。」

嘴唇噘成了可愛的形狀。尖酸刻薄但悅耳動聽的嗓音，如小鳥啁啾般從唇間漏出。

「還說我頭髮長，見識短什麼的。嘴巴不乾淨得很。我都快做不下去了。」

「那真是太惡劣了。」

艾蕾諾拉眨了一下眼睛看著我。

「你是去玩的嗎？」

「不……」是嗎？我也不確定。我想了一下，翹起嘴角。「或許是吧。」

皮斯孔夫人說得對。就是戴著頭套，扛著玩具，大聲嚷嚷著衝進去。

這能叫做工作嗎？面對真正的職業婦女讓我更沒自信。

只是以玩樂來說又太不安全了。

「你如果願意跟我玩，我就太高興了。」

我聳了聳肩。不能聽到女人的語氣開心雀躍，就把她說的話當真。

就連在床上不禁發出的呻吟，都不見得是男人引發的。

「可是裡頭不是有九個臭鐵罐嗎？以遊樂場所來說太危險了吧。」

「會嗎？那沒什麼啦。」

「是喔？」

「幾乎都只是換掉一條手臂而已，只有其中三個跟兩個落魄軍人能稱得上戰鬥型嘛。」

「……妳說什麼？」

「幾乎都只是換掉一條手臂而已，只有其中三個跟兩個落魄軍人能稱得上戰鬥型。」

我倒覺得聽起來很有什麼，但艾蕾諾拉笑容可掬。

好吧，先把偏見擺一邊，瑪麗亞與諾拉算是特例。

一般女生除非是「清理人」，否則才不會去在意混混身上的機械化比例。

對艾蕾諾拉來說，大概就只有可怕、嚇人，以及超級嚇人的差別吧。

只要不是正面挑釁就都沒差，也只有白痴才會去找生化士兵的碴。

像我這種白痴，就只能哀號了。

「糟透了……」

「你如果要來玩，千萬小心別被他們盯上喔。」

「是啊，妳說得對極了。」

艾蕾諾拉抬眼直盯著我，我對她點點頭。

沒辦法。我是「清理人」，「清理人」這行飯本來就得幫案主清理麻煩。

認為「委託這種工作的人才有問題」的傢伙，一定是錯把「清理人」當成了安全行業的蠢蛋。

況且我已經接下案子了。自己造的孽只能自己承擔。

我仰頭喝掉鍋煮咖啡。感覺切爾基佐沃黑市的比較好喝。

「好吧，我過幾天就去。」

「呵呵，期待你的光臨。」

要不是遇見了絲塔西婭，我一定會被這種話騙得團團轉吧。

我一邊苦笑著想起瑪麗亞的嘮叨，一邊把最後一滴咖啡倒在舌頭上。

「脖子上的那個。」

「嗯？」

「不錯，很適合妳。」

聽我一邊捏扁紙杯一邊恭維，艾蕾諾拉眨了幾下眼睛。

然後簡直像個年輕姑娘那樣「嘿嘿」綻放笑容並點點頭。

「這是人家送的。是一個……就像老師的人送我的。」

「這樣啊。」

那很好啊。有這樣的對象是好事。我點點頭，站了起來。

「抱歉占用了妳的時間。」

「不會，不會。」

艾蕾諾拉說著甩了甩紅髮，露出讓男人心醉神迷的笑容說道：

「很好喝，謝謝招待。」

我聳肩步行離開的時候，她還坐著慢慢享受咖啡。

© Noboru Kannnatuki

總覺得她的視線似乎專注地盯著我的背上——大概是我想太多吧。

一定是這樣。

◆

我不知道米哈伊爾．瓦西里耶維奇．羅蒙諾索夫是個多偉大的人物。

但莫斯科國立米哈伊爾．瓦西里耶維奇．羅蒙諾索夫大學我就知道了。

豈止我們祖國，它可是全歐洲的頂尖大學之一，也是絲塔西婭居住的七姊妹中的一個。

據說學校裡聚集了三萬多名學者進行學術研究，真是孜孜不倦。

我搭地下鐵前往莫斯科大學當然不是為了讀書求學。

要去也該讓瑪麗亞去，更何況沒有國內護照的我們根本上不了大學。也沒那個錢。

聽說科學是根植於真理、理性及教育的明確基礎上，但我跟真理或教育都很陌生。

莫斯科大學的隔壁，有個像我這種無藥可救的混混居住的區域。

從莫斯科河畔漫步到麻雀山，一路走下去就到了。

那裡是一片空曠的荒野，以及塞滿了無數廢鐵倉庫的山谷。

車庫谷。

也有人稱它為上海貧民窟，但我看就算是那個叫上海的城市也不至於糟成這樣。因為這裡除了成排的鐵皮屋之外什麼也沒有，而且從各方面來說都很危險。跟莫斯科井然有序的灰色市容差遠了。說是垃圾堆也能讓人信服。

這樣想來，或許上海貧民窟的意思是指位於上海的貧民窟。

這可能要實際去上海看看才知道了。不過我想我永遠沒那機會。

白痴才會沒事跑來這種地方，但我是來辦正事的，所以不算太白痴。

我一邊留意懷裡的托卡列夫，一邊裝出自信洋溢的態度穿越車庫形成的山谷。

目的地是——一間高掛蛇杖旗幟的棚屋。

我覺得這種圖案不太適合醫院，但聽說其中具有重要意涵。

好吧，哪件事不是這樣。

「嗨，『醫師』。你在嗎？」

一開門就聞到刺鼻的酒精——不是酒類飲料——的氣味。

不同於屋外的骯髒環境，「醫師」的醫院裡頭常保清潔，一進來就讓人心情愉快。只是我得穿著骯髒長靴沒禮貌地踩進來，有點不好意思就是了。

「哦，丹尼拉。我在。」然後是某種慘叫。「我現在離不開，你等我一下。」

「好。」

點頭回答屋內傳來的說話聲，我讓自己一屁股坐進候診用的沙發。

跟我以前用過的沙發差遠了。彈簧也沒外露，是很好的沙發。

院內雖然就像間棚屋，但我知道更裡面的地方擺了一些日本製的機器。

「醫師」是個醫生。

不然呢？有沒有執照我不知道。醫術高明。

至少我從沒聽說「醫師」誤診弄死哪個人過。

雖說死人不會說話，但我已經決定誰敢這樣嘲笑「醫師」就要挨我的拳頭。

身為一個患者，沒什麼東西比沒有國內護照一樣願意幫你看診的醫生值得感激。

「不好意思，讓你久等了。」

過了半晌，一名二十來歲的黑髮帥哥一邊擦手一邊從屋裡走出來。

也就是說他跟我年紀相仿，但身形瘦長，高個子，臉孔纖細。

長得就像聽到年輕醫生會想到的那一型，跟我簡直有著天壤之別。

但是講到內在嘛——……

「死人嗎？」

「機械化手術。」「醫師」笑了。「看來重新連接神經讓他吃足了苦頭。」

「是喔。」

我覺得能在這種地方開業當醫生的傢伙是硬漢。因為這裡就他一個醫生。最起碼我沒自信能在不帶裝備的狀態下結束一場玩命的工作，還能保持平靜。

我等「醫師」在我對面的沙發坐下後，問起一件無意間想到的事：

「諾拉怎麼樣？」

「總是幫了我很大的忙。生化人患者鬧起來的時候，靠我一個人是壓不住的。」

「她不要粗魯弄壞東西，給醫生添麻煩就好嘍。」

「動作輕得很。她既有朝氣，個性又認真，是個非常善良的女孩。」

我心情變得大好，聳了聳肩。

就是這個男人把諾拉的身體這邊切切那邊割割，嵌入一堆廢鐵。

如果只是這樣的話我早就發飆了，但畢竟是諾拉不好。

她假裝自己是無親無故的可憐小女孩——是沒說錯啦——三天兩頭往醫院跑。偷偷幫忙做事存了點小錢，然後用眼淚攻勢打動了「醫師」。

所以我故意用某人能聽見的音量說：

「難說喔，那傢伙最大的本領就是裝無辜。在醫生面前只是裝乖啦。」

「亂講——！」

看吧，搞偷襲。

我頭一低躲掉從死角高舉揮來的電熱式刀刃，看向襲擊者。

頭上戴頂護士帽擺擺樣子的臵眼黑貓，對著我炸毛發出威嚇。

「我才沒有給『醫師』惹麻煩！」

「不見得吧。」

「丹納哥哥是壞蛋！」

諾拉尖叫著伸出指甲跟我鬧著玩，我隨便閃躲一下。

看顏色就知道這些電熱式指甲沒通電。沒什麼好大呼小叫的。

我一邊隨便應付諾拉一邊看向「醫師」，他溫柔地瞇起眼睛。

但活像隻野貓的諾拉沒注意到——……嗯，既然已經知道，好吧，我放心了。

「對了，醫生，我想請教你一點小事，方便嗎？」

「只要是我能回答的。」

「醫師」用純屬閒話家常的態度點頭這麼說，兩隻手掌互相搓揉。

——感覺就像是：「好，今天哪裡不舒服？」

「哦，我先聲明，患者的事我是不會說的。畢竟我有守密義務嘛。」

「那真是太遺憾了。本來聽說『紅狼』就躲在這附近呢。」

諾拉又開玩笑地過來跟我打鬧（抗議！），我把她甩開。

「醫師」露出一絲笑意。只是不知道是笑我說的笑話，還是諾拉的舉動。

「我都不知道原來你還有在追查殺人魔。」

「過陣子吧。哎，總之期待民警的表現嘍。」

我點點頭，一種輕柔的觸感撲到我的膝蓋上，但重量可稱不上輕。

是諾拉跟我打鬧打膩了，上半身躺到了我的腿上。一雙貓眼從腿上仰望著我。

「丹納哥哥，你在談工作嗎？」

「對啊。我不會讓妳幫忙的。」

「哼哼，我自己有工作要做，沒空幫你啦～哼！」

我可是很忙的！諾拉滿懷自信地誇耀與姊姊一樣好的身材，但有句話不能當作沒聽見。

「又要**賺零用錢**了？」

「才不是呢～」諾拉噘起嘴唇。「但我也是有守密義務的。」

「什麼跟什麼啊。」

聽到什麼新詞沒搞懂意思就亂用，妳是小孩子啊？

我毫不客氣地把她的黑髮揉了個亂七八糟，「不要啦！」妹妹扭動身體抗拒。

「喂，不要這樣！我好不容易弄好的髮型都亂掉了啦。」

「幹嘛，又在學『老師』了？」

「不是學，是致敬！」

「還不都一樣。」

「就說不一樣了！『老師』可是很厲害的喔！」

「又沒見過她，還講得跟真的一樣。」

你很煩耶。諾拉真的開始跟我嘔氣，看來是不開心了。

「老師」。身為女人卻憑著一己之力，從暗巷一路往上爬的「清理人」。

一握起高周波劍便散播死亡於無形，全身從頭髮到指甲尖端清一色機械化完畢。

但是這個站在血海中的女人，臉上卻浮現著令人痴迷的溫柔微笑。

——據說是這樣。

只聽過名聲。但是沒有一個人見過類似的女人。因為大多數都死了。

影子裡的傳說。如同魔女之家的怪物，是某種不真實的存在。

就像超級士兵或是水精靈（露莎卡），捕風捉影的傳聞。

我沒空去跟那種東西瞎攪和，陪妹妹玩也該告個段落了。

「順便問一下，『醫師』如果見到機械怪物般的對手會怎麼做？」

「二話不說立刻逃走。」

當然了。我點了點頭。

「如果我跟那種人發生衝突，你建議我怎麼做？」

「我會勸你立刻逃走。」

說得一點也沒錯。我點了點頭。

「如果情況不允許呢？」

「我可能會先在醫院訂個床位吧，活著回來的話會用到。」

的確是這樣。我從口袋裡拿出信封，抽出了幾張盧布紙鈔。

「這是我在醫院門口撿到的，應該是你的錢吧？」

「哦，經你這麼一說好像是喔。謝謝，幫了我一個大忙。」

諾拉的灰眼珠像貓一樣來回搖擺，望著在頭上傳遞的鈔票。

我輕輕摸了摸諾拉的頭，要她學會判斷這種時機。

「為了減少患者人數，可以請醫生提供一點養生方面的建議嗎？」

「這個嘛……就像我剛才說的，最好的方法是直接逃走……」

站在「醫師」的立場一定覺得心情複雜吧。因為除了運動與均衡飲食之外，也沒別的答案了。

雖然覺得內疚，但我也是不想死才會問這些。目的是一樣的。

更何況不是都說「舌頭能領你到基輔」嗎？

就算不知道怎麼走，開口問人就能一路抵達基輔了。除非死在半路上。

「也要看機械化的品質，所以我先聲明，這種方法不是絕對有用喔。」

「行不通的話等我躺到床上再跟你抗議，到時候醫藥費算我便宜點。」

又不是要你告訴我考試的答案。猜題猜錯再來抱怨就太難看了。

不過如果到時候我還有辦法抱怨，就算運氣不錯了。

「醫師」嘆口氣之後慢吞吞地說：

「機械也是會故障的，就跟有血有肉的人一樣。而且一旦故障，比一般人更動不了。」

「意思是要我先去把他們弄壞？」

「真要說起來，生化技術原本其實是用於太空探索的科技，後來才轉用到傷殘退伍的軍人身上。」

這我知道。是那傢伙害我知道的。雖然已經知道，但我沒打岔。

「醫師」講到這裡停頓了一下，接著用一種由衷感到可悲可嘆的語氣說了：

「然後價格愈是便宜，就會拿掉愈多宇宙線防護的相關裝備。」

「我們是地球人就對了吧。探測器八號已離我們遠去啦。」

「草原就是我的家嘍。」

我對「醫師」所言回以咧嘴一笑後站起身來，從正好看到的櫥櫃摸走一點鎮痛劑。

「止血凝膠呢？」

「第五層。」

我邊問邊把東西塞進口袋裡，被我從腿上甩落的諾拉閒得發慌似的這麼告訴我。

我心懷感激地收下整包止血凝膠，從信封多抽出一張盧布紙鈔丟下。

「那就這樣吧，我如果盡力活下來，就照顧我一下吧。」

「希望你別給我增加太多麻煩就好。」

結果得到「醫師」半帶苦笑的一句話。

「等一下我還要幫諾拉的指甲換電池呢。」

「嗚噁！」諾拉慘叫一聲。妹妹就像快被抓去洗澡的貓一樣蹦起來，跳到地板上。

但她終究沒有跑掉，不知是因為我還是「醫師」在場的關係。

也可能是知道跑不掉。諾拉看著我，似乎想找藉口開溜。

「欸，丹納哥哥，真的不用我幫忙嗎？」

「當然了。妳擔心妳自己吧。」

討厭。她噘起嘴唇，但我當然不會准。不是電池快耗光的問題，我壓根兒就不想讓妹妹幹這事。

「好吧，我會盡力而為，萬一失敗了……」

所以我仰望著不知是鍍鋅鐵板還是什麼材質的單薄天花板，聳了聳肩。

「就求神保佑吧。」

◆

說到莫斯科哪裡有神殿，第一個答案應該是地下。

搭乘深不見底的手扶梯下去，會來到一座不知是用大理石還是啥建造的巨大神殿。

莫斯科地鐵。全世界最豪華寬敞的核災避難所。

在驗票口出示三套車卡投進硬幣，就不會被民警盯上。

因為買三套車卡不需要身分證。

我不知道其他地方是怎樣，總之莫斯科地鐵的費用不是看距離，而是上下車的次數。

與其買一次票或兩次票，不如買三套車卡還可享有折扣。

想要達到政府宣傳的那樣往驗票口卡片一刷就能通關，恐怕還要再花個一百年吧。

我搭地鐵前往莫斯科河的對岸，鄰近紅場的瓦瓦卡街。

當然是去祈禱的。

在我們的偉大祖國，看不見的非科學事物都被視為「不存在」。

當然也沒有神。因為是不科學的存在。

但還是有些教會留存下來，也有一群僧人在那裡祈禱。

這是拜神明保佑所賜，還是依靠了其他的某種什麼，我不得而知。

就算知道了，也無權說三道四。

誰都會為了求生存而奮鬥，這是當然的。

所以我也像這樣，正準備前往教堂祈求這份庇佑。

——聖芭芭拉教堂。

據說這是跟很久以前一個叫「伊利奧普利的受難花殉道聖女芭芭拉」的女人淵源匪淺的教會。

這個女人被否定信仰的父親所燒傷。神治好了她的燒傷，遮蔽了她的裸體。最後她死在劍下。

我覺得這樣對待她真過分。難道就沒有一個人試著救她嗎？

要是絲塔西婭遭到這種對待——省省吧，少胡思亂想了。

沒有人會想試著燒死莫斯科小姐。她待在全莫斯科最安全的地方。

但是說真的，這個叫芭芭拉的少女實在是了不起。因為她一句怨言也沒有，還願意保佑男人。

據說芭芭拉會保護士兵或消防員躲避火災，不知道「清理人」有沒有包含在內。

我也不是整天都在想著這些事。

只不過是在路上蹓躂，眼睛看到教堂的高大鐘樓時，這個念頭無意間閃過腦海罷了。

一個老早就死了的姑娘，被「清理人」同情應該也很困擾吧。

我聳聳肩，走進教堂的入口。

石造的主教座堂，靜悄悄到我連發出腳步聲都感到抱歉。

是點了蠟燭的關係嗎？空氣冷冽，但並不讓人覺得淒冷沉寂。

大廳後方有個繪有救世主（伊伊穌斯）、誕神女（瑪利亞）與三重橫木十字架的大屏風。

那叫做聖幛。位於它後方的至聖所只有神職人員才能踏入。

「喂，『女修士』。」

「丹尼拉·庫拉金。聲音有點太大了喔……？」

所以我才用叫的，但她似乎不喜歡我這麼做。

從聖幛的後方傳來嬌豔欲滴的女聲。

接著現身的是個身材肉感到穿著修女服也沒啥意義的美女。

不過頭巾覆蓋的頭部已經剃髮。既然自稱女修士，這麼做是當然的。

但就我認為，美女這麼做反而會突顯美麗的容貌。

就算絲塔西婭把頭髮剃了，我一定還是會覺得她可愛。

「您打斷我行聖禮儀叫我出來，不知所為何事？」

「女修士」拋給我一個意有所指的媚眼。修女服這玩意真不錯看。

我一邊想像絲塔西婭穿起它的模樣，一邊說道：

「首先我需要些彈藥。」

「哎呀，天啊，太可怕了……」

女人賣弄地擠壓豐滿乳房摟住自己的肩膀，假惺惺地渾身發抖給我看。

「這裡是世人的心靈依歸。您拿那些槍彈要做出多麼罪孽深重的行為呢……」

我聳肩苦笑，從口袋裡的信封抽出了盧布紙鈔。

「我要捐獻，妳願意聽我告解嗎？」

「哦，當然好了。這正是我們的天職。」

我讓她領著到主教座堂的長椅坐下，抬頭看著佇立眼前的女人。

「吾主伊伊穌斯．合利斯托斯，上帝子，藉汝至潔母與列聖祈禱，憐恤我等。」

她以莊嚴的舉止唱誦了祈禱文後，低喃一聲「阿民」結束這段聖禮儀。

然後「女修士」呼出一口熱氣，接著面帶親暱的微笑這麼說了：

「好了……那麼，可以請您向我訴說您的懺悔聖事嗎？」

「先是用一箱托卡列夫手槍彈……不，是兩箱，來一場砰砰碰碰。」

「喔喔，多麼罪孽深重啊。傷害或殺害他人可是重罪啊，丹尼拉．庫拉金。」

這女人語氣與表情充滿驚恐，唯獨眼睛帶著笑意。

——事實上，「女修士」這頭銜也很可疑。

記得正教會是不承認女性神職人員的——我指的不是修女。

但這女人卻掌管著這間教堂。我想了一想，然後說道：

「我還打算做出只毀掉生化士兵的作孽行為，妳說呢？」

「既然希望我傾聽您如此可怕的懺悔，想必也有一定的捐贈吧？」

當然即使你一毛不捐，我也是會傾聽的。「女修士」笑容不變。

我從口袋裡的信封抽出幾張盧布紙鈔，交給了「女修士」。

她笑容可掬但飛快地抓住鈔票，點了點頭。

「您準備犯下多重的罪過呢？例如殺了對方……或是讓對方腦死？」

啊啊，太可怕了，太可怕了。「女修士」故意一再重複。

「我哪敢啊。」我對她說了。「我沒有打算犯下那種重罪啦。不會鬧出人命，只會弄壞而已。」

「哎呀，那可真是……」

女人繼續裝出害怕的模樣。我嘆一口氣，再多給她幾張盧布紙鈔。

「拜託啦。就當作是為了虔誠的信徒。」

「當然了，當然。上帝必定會應允您的禱告。」

請稍候片刻。她如此說著並站起來，搖著屁股消失在聖幛後頭。

——「女修士」是「武器販子」。

先是收贓的老頭嗝屁，別人介紹給我的贓貨商後來也改行，這女人就是對方當時介紹給我的。

離紅場也沒多遠，真佩服她敢在正教會的教堂做這種買賣。

——您真是的，所以我才會跟KGB的各位人士**和睦相處**啊。

還記得我問她的時候，這女人笑著這麼說。女人總是很堅強、危險而美麗。

「讓您久等了，丹尼拉．庫拉金。上帝必定會看顧著您的。」

回來的「女修士」手裡抱著用油紙包起的東西，我接下了它。

我確認幾個使用上的細節時，忽然想到一個問題。

「這樣我就獲得赦免了嗎？」

「我們是不會赦免世人的。」

「女修士」回答得很簡短。

「因為唯有吾主伊伊穌斯，才能赦免世人的罪。」

也就是說身為凡人什麼也辦不到。只能悔過求告，尋求寬恕就對了。

天主，求祢按照祢的仁慈憐憫我，依祢豐厚的慈愛，消滅我的罪惡。

我聽著「女修士」誦念這段祈禱文，又想起了那個叫芭芭拉的古代女孩。

即使不科學的上帝並非真實存在，芭芭拉還有伊伊穌斯卻確實有過他們的人生。是真實存在的人物。

這樣想來，我幹這行是否也能得到寬恕？我不會任性地要求上帝保佑我的。

當然，我不可能知道答案。就算知道也不能怎樣。

然後當我穿過教堂的入口時，「女修士」的聲音往我背後投來：

「誠心所願（阿民）！」

◆

「啊吱！噫，咯！吱……咿！嘎噗！咿，吱咿……！」

「賤貨，幹死妳！幹死妳！去死吧！」

彷彿用鎚子把肉打扁之後丟進絞肉機的咕喳咕喳聲響徹室內。

當事人或許叫得很爽，但一旁的聽眾可不會太舒服。

在灰色小房間熟悉的冰冷牆角等著輪到自己的男人們，看起來窮極無聊。

「呸，完機（完全機械生化兵）發什麼情啊。」

「少囉嗦，我連那話兒都改造過啦。」

「怎樣，會扭動嗎？還是會震動？無聊。」

「用夜視鏡透視衣服的傢伙沒資格講我啦。」

這幾個男人——保鑣們的機械化程度各有差異。

有人只有一隻手臂閃爍鉻金屬光澤，有人兩眼皆嵌入了鏡片。

但是有兩個人在這之中依然顯得特別怪異。

從頭頂到腳尖全塞滿了機械的鋼鐵怪物。

無庸置疑是完全機械生化兵。軍用品。

儘管比起目前流通的最新型號恐怕已經過時，但依然是會動的軍武無誤。

能在退伍時一併帶走值得佩服，但塞在裡頭的大腦水準，恐怕跟周圍其他人相差無幾。

「老大的口味也真怪……但跟在老大身邊就能沾點好處也是真的。」

「不過真想上更高級的女人，而不是這些廉價的妓女。」

「你說像莫斯科小姐那種的？」

「她是很美沒錯，但頭髮短了點。再說妓女就是妓女，一樣都是在賣的啦。」

完機的聲帶，大老遠為我送來混雜著嘎嘎噪音的笑聲。

對，就是我。抓住熱水管沿著外牆往上爬的我。

就算那幫人當中有人具備熱感應偵測功能，我抱著這玩意不放他們就無法分辨了——應該吧。我猜啦。

——言歸正傳。

不管再怎麼不情願，既然已經做好準備就非幹不可。

我把原本盯著的領航員手錶塞進袖子裡，手伸向窗戶。

我知道這棟樓房鑲嵌的不是防彈玻璃。

當然，我的知識沒豐富到能分辨玻璃種類。

這種能看得出來嗎？真要說的話，我連兩者之間有多大差別都不知道。

只是就算是防彈玻璃，變得這樣又髒又破大概也破功了。

我右手抓住熱水管踢踹牆壁施加反作用力，用穿著防彈衣的左手肘撞擊窗戶。

「——怎麼啦？」

「要命！」

玻璃啪啦一聲裂開，屋裡那幫人的視線聚集過來。這一瞬間就是決勝關鍵。

「生日快樂！」

我乘著左肘裝甲毆打的力道，用左手握著的**那玩意**一拳打穿了窗戶。

我說的那玩意當然是——……

「手榴彈——！」

伴隨著某人的喊叫聲，藍白電光帶著彷彿賞屁股一掌的啪嗞一聲爆炸開來。

對，是電磁手榴彈。

我是生肉所以用起這類玩意不用客氣。好耶（嗚啦）。

而那個女生應該是肉身——就算萬一機械化了也不至於要人命，就請她見諒吧。

我沒停下來聽室內滿地打滾的臭鐵罐們鬼哭神號，將手放開水管。

沒必要花時間陪他們廝混。應該說既然是聲東擊西，做到這樣就夠了。

「一群連防護措施都沒做的狗屎！我去，掩護我！」

「了解。」

我做錯了兩件事。其一是明明正在往下跳，卻被打破窗戶的機影分散了注意力。

其二是從一開始就不該跟一群軍用的完全生化機械兵槓上。

「……嘖！」

落地位置的積雪意外得薄，竄過腳踝的尖銳痛楚讓我嘖了一聲。

但我沒那閒工夫感謝肉身帶來的恩惠。我跌跌撞撞地飛奔而出，背後傳來撞擊聲。

讓跳樓者安全降落的祕密，在於名符其實製造原料與我不同的腳踝。

「『清理人』，你好大的膽子！」

「你死定了！」

好吧，無論是誰被兩個生化士兵追著跑，基本上都算一腳踏進了棺材。

從集合住宅二樓跳下扭傷腳的「清理人」，更是幾乎等於宣告死亡。

「嘖，就是這樣我才討厭裝避震器的傢伙……！」

我一邊咒罵對方的彈簧腳，一邊在積滿灰雪的暗巷裡翻滾。

我自認大致上熟悉莫斯科的每條暗巷。這是因為多虧鋼鐵人閣下的付出，每條巷子都長得一樣。

才剛一跛一跛地撲進掩體後方，水泥牆立刻像蟲啃似的被轟出破洞。

「混帳東西！東躲西竄的……！」

我也知道咆哮吼叫的生化士兵手上，拿著一把大到誇張的自動手槍。

只有白痴或者落魄退伍兵，抑或兩者皆是，才會拿著ＶＡＧ七三這種玩意兒射來射去當好玩。

因為這玩意的子彈，可是比絲塔西婭的口紅還粗的**火箭彈**。

更糟的是我記得裝彈數是四十八。殺個人不用開到那麼多槍，尤其是生肉更不用說。

那傢伙接連著用全自動射擊打中牆壁，所以可以確定我死定了。

我希望對方是個白痴，但我在暗巷裡跑來跑去也不是對此抱持期待。

對方可是黑幫的保鑣。我十五歲時就領教過他們的厲害。

「來啊！」

我怒號著扭轉身體，扳動了衝鋒槍的扳機。

霎時間，七·六二毫米的托卡列夫手槍彈像水管灑水那樣飛出。

它們擴散飛向整條窄巷，打中衝第一個的生化士兵迸出火花。

「唔哇……！」

「搞屁啊，沒種的東西！」

推開前面那個搖搖晃晃的同行，另一個人一邊讓裝甲刮響牆壁一邊擠過來。

——這得怪你沒做些體操減重。

我一邊喃喃自語著講給絲塔西婭或諾拉聽可能會被指甲抓傷的事，一邊彎過下個轉角。

不，瑪麗亞可能也會。畢竟那傢伙老是窩在房間裡嘛。我拆掉波波沙的彈鼓。

下次叫瓦列里把瑪麗亞弄出房間好了。我把空彈鼓往背後一丟。

槍聲啪嘰一聲響起，彈鼓在空中變形炸飛。

「你的手榴彈沒用了！」

「哇喔！」

真高興他把那個看成手榴彈。我在頭套底下抽動嘴唇，奔向下一個轉角。

這下子就十槍了——如果是伊利亞．穆羅梅茨上尉的話，大概會像這樣數槍聲等子彈射光吧。

但很遺憾的，我不是穆羅梅茨上尉。

開了十槍還是二十槍根本記不清楚，更何況你們先想想VAG七三的裝彈數。

等兩個人合起來朝我射出九十六發之多的火箭彈，我早就成碎肉了。

我之所以還活著，是因為我在窄巷裡四處翻滾，對方也很快就會想出對策。

當然如果那兩人是白痴的話就另當別論，我也希望如此，但不值得期待。

一個生肉「清理人」正面迎戰兩個生化士兵，並撂倒他們。

就算有老天爺這種非科學存來保佑我也不可能辦到。

也就是說——看樣子我今天還是只能盡力而為了。

◆

「去死吧！」

我躲在巷弄牆壁後面把衝鋒槍伸出去，瞄都不瞄就瘋狂開槍。

也不知道打中了沒有。槍聲與金屬聲響在耳朵裡迴盪。也許打到牆壁了。

但我沒那多餘精神與心情去確認。我一跛一跛地跑。有兩個生化士兵陪我。

老天啊，真是奢侈的享受。哐啷哐啷響著的腳步聲聽得我都快哭了。

「別這麼生氣嘛，開開玩笑而已！」

「那我就讓你變得更搞笑！」

嚇死人了。我對雜音不斷的怒罵聲聳聳肩，沿著集合住宅的牆壁轉彎後——……

「——嗄啊？」

看來我整個繞了一圈。穿著愛迪達的跑腿小弟與我四目相接。左手反射性地動了起來。

「你該慶幸我不是夫人！」

換成夫人的話可不是打碎顎骨就能了事。沒枉費我用掉寶貴的一瞬間工夫。

我一腳踹開慘叫都發不出來，只能滿地打滾的小弟，勉強跑到下一個轉角。

「來吧，來吧，來吧，來吧……！」

在頭套底下呼出的氣息被鼻子吸進去。我想起政府的牙膏廣告，笑了笑。

笑得出來是好事。這就表示我還有餘力掩飾自己的緊張焦慮。

再說了，聽得到腳步聲，也證明了我很幸運。這表示那兩個傢伙並未用上超越音速的高速轉位。

也可能是沒那本事。例如受到電磁波影響或是受限於性能。

如果是故意不用就是看不起我，再不然就是嗑了藥。

拿火箭槍對我全自動開火的傢伙應該是後者。

我拚命拉開距離，儘量遠離讓人耳朵發痛的激烈爆炸聲與混凝土刮擦的聲響。

「啊啊，該死……腳痛死了……！」

但不管怎樣我就是還活著，謝天謝地。我得由衷感謝伊凡才行。

真要說的話，就算用上破片手榴彈也不可能全殲生化士兵。要是用了其他方法的話下場會更慘。這是一定的。

所以——好吧，只有兩個生化士兵追過來，已經算走運了。

而且還有一件走運的事——他們是速度快的跑在前面一直線追過來。

「有種就來啊！」

我退離原本貼著繞圈圈的集合住宅牆壁，對準道路中央猛射波波沙。

我作為「清理人」學到的其中一件事，就是子彈不會發瘋似的到處彈跳。

它會在狠狠打中牆壁或裝甲後，沿著表面滾動般飛遠。所以正中央是安全的。

「唔哇！他媽的，連掩護都不會嗎！」

「白痴啊你！你那麼行不會跑快點啊，擋我的路！」

相較之下對方由於身形龐大，只有在窄巷裡特地跑在前面的一個能開槍。

後面那個中了幾槍動作變慢的傢伙，得狠了心連前面這傢伙一起打才能開槍。

不過他不開槍當然不是因為不打自己人，而是怕開槍斃了我之後輪到自己。

但多虧於此，單論槍枝數量的話是勢均力敵。儘管其他方面想也是白想。

「喝啊（嗚啦）！」

就像現在，一旦前面這傢伙仗著裝甲硬衝過來，我就束手無策了。

那些說大塊頭動作慢的傢伙根本什麼都不懂。動作快到想瞄準要害都不行。

不，也許得怪我槍法差？或許吧。我扣緊了波波沙的扳機。

「嘖！開什麼玩笑啊！你以為一顆子彈要多少錢……！」

彷彿拿水管灑水般射去的槍彈，竟給我像豆子一樣彈開。

波波沙射出的托卡列夫手槍彈的貫穿力碰到他都沒輒，只能說不愧是軍用品。

也就是說一分錢一分貨，但背後那傢伙似乎就沒這麼高檔了。

我看到那傢伙「哇！」地慘叫一聲迸出火花摔倒在地。看來子彈剛好鑽進裝甲縫隙了。

大概是某個非科學存在沒保佑他吧。總之真是幸運。

但我的現況並未因此獲得改善，眼前有著VAG七三的槍口。

「糟透了！」

吼叫著滾倒的我之所以還活著，或許得歸功於我選了讓他不便行動的窄路。

要讓一個完全機械生化兵振臂把我揍飛，這地方有點不太合適。

我要是挨了揍，想必已經變得比剛才那跑腿小弟更歡樂了。

聽說火箭槍這玩意，有效射程非常極端。

說是太遠或太近都不行，多虧於此，打中我的子彈沒能射穿裝甲板。

不然就是芭芭拉今天把「清理人」也算進保佑對象了。搞不好是這樣。

不管怎樣，我只是進一步扭傷腳難看地摔倒，防彈衣被撕裂就沒事了。

雖然沒事了——但也到極限了。我全身惡狠狠撞在柏油路上，宣告完蛋。

因為沉重的金屬腳步聲，傳來的距離近到沒有閒工夫更換彈鼓。

「……可以了，我做夠了。」

我丟開波波沙，呻吟開口。呼吸不順。恨不得把頭套一把扯掉。

缺氧閃爍的視野，可以看到名符其實的鐵面人臉上掛著賊笑，步步逼近。

「別客氣啊，還沒打過癮吧？」

靠得這麼近不用揍人，一腳就能把我踩扁。看來這傢伙正有此打算。

或許沒到一噸，但被數百公斤的腳一踩，就跟被車輾過差不多。

我可以拔出托卡列夫——但亂射子彈也只是浪費錢。

毫無勝算。這種事我打從一開始就知道了。一個生肉能耗這麼久夠強了。

我勉強仰視眼前的鐵塊。全身上下都在喊痛。真是的，饒了我吧。

「不過你這傢伙挺帶種的嘛，啊？你是哪裡養的狗？給我老實招來，我可以讓你死得輕鬆點。」

完全機械生化兵的冰冷駱眼湊過來盯著我。

一張氣喘吁吁，豁出一條命的蠢蛋「清理人」臉孔映照在金屬表面。

「……告訴你一件好事吧？」

「啥啊？」

我一邊喘著大氣，一邊說了。

「看看你的背後就知道了。」

下個瞬間，一場腦漿與髓液的陣雨來臨。那傢伙的腦袋變成碎片爆開了。

ＫＳ二三，鎮暴散彈槍的槍聲轟然響起。

我實在不覺得除暴安良需要用到二十三毫米的防空機槍槍身。

不過今天才第一次知道，用它可以輕輕鬆鬆把生化士兵的腦袋變成廢鐵。

「抱歉，同志。我們來晚了。」
「很準時，同志。得救了。」
在廢鐵的背後，一個穿白西裝的禿頭大漢單手拿著散彈槍悠閒地站著。背後是一排穿起愛迪達扛著卡拉希尼柯夫，幹勁十足的打手。
我讓黑幫老二拉我一把，搖搖晃晃地站了起來。
老二看到我的德性笑著說：「真慘。」並幫我撿起了波波沙。
我接過來，把它掛在肩膀上。是很慘沒錯，但收多少錢做多少事。
「哦，小老弟，你先別動。否則腦袋會開花的。」
大概是注意到背後還有個剛才被我掀翻的生化人想爬著逃走吧。
二話不說就連開四槍。老二柯倫布成科是個冷血無情的男人。
「呃啊啊啊啊！」
一旦鋼鐵碎裂，神經連接被切斷，髓液與潤滑油也噴出體外，機械化便失去意義。
晚點一定會變得更慘吧。這念頭一閃而逝之後，我笑了。
「**那邊**不要緊嗎？不是還剩了幾隻？」
「我另外僱用了擅長清理廢鐵的『清理人』。處理得很好。」
「那真是太好了。」

當然了，既然說是聲東擊西當誘餌，就表示另有真正目標。我的職責就是如此。但是不能有怨言。我是存在可否定的人才，所以才會是有人要的「清理人」。我這種程度的一流多到可以論斤賣，應該好好想想人家為何要付錢找我。

我從口袋裡拿出鎮痛劑，數都沒數就乾吞幾顆下去。

能治腳痛嗎？我怎麼知道。

「報酬呢？」

「跟『暴雪』拿。」柯倫布成科說了。「老樣子。」

「……事情就是這樣了。」

我對著在腳邊抽搐的保鑣簡短開口。搞錯了，不是這傢伙問我的。

「這下知道我的僱主是誰了吧？我要走了，腳在痛。」

我邊走邊拆換波波沙的彈鼓。真受不了，代價還真高。

電磁手榴彈與托卡列夫手槍彈。然後還要去絲塔西婭那邊，錢應該夠吧。

「該死的混帳……！」

保鑣從地面仰望我，呻吟般唾罵。

假如有種機械化手術可以讓人用視線殺人的話，我大概已經死了不下十次了。

所幸這項技術尚未進入實用階段。我輕輕聳肩，邁開腳步。

路旁的公共電話無意間進入視野。我摸摸口袋，立刻就找到零錢。

我投入硬幣，撥打默背起來的號碼。不是在家裡就是咖啡店。

等了一會兒，就聽見硬幣叮噹落下的聲響。沙沙雜音從揚聲器傳出。

『是誰？』

「我丹納。」我對著角落的麥克風說了。「丹尼拉‧庫拉金。」

『丹納哥！』

然後接著哐啷一聲。呀的一聲尖叫。斥罵『瓦列里！』的聲音。不知道又踢到了什麼東西。

『你沒事吧？』語氣平靜。『我後來無法從這邊接收狀況——……』

「沒事。」

我如果說我用上了電磁手榴彈，我這妹妹不知道會露出什麼表情？

請人幫忙、事前勘察、整頓裝備，然後求神保佑。能做的都做了，就得到這個結果。

應該算很棒了吧？

◆

「……嗯？」

在不再傳出尖叫的浴室，老大一手拿著小刀抬起頭來。

飛濺紅黑汙漬的手錶指針，顯示早已超過預定時間。

雖說只是偶爾紓壓，但有點過於沉迷是他的壞習慣。

他看著這片宛如打翻羅宋湯的慘狀露出苦笑，把小刀插進肉塊裡，擦了擦手。

用來代替毛巾的金色長髮依然保有嬌豔光澤。

「真傷腦筋。想讓我高興是很好，但還是應該過來叫我啊。」

畢竟事後還得花時間與力氣打掃乾淨。玩過之後要懂得收拾玩具。

這事不難。因為類似的族群不虞匱乏。

專殺藥局店員的藥局瘋子。丹尼洛夫街殺人魔。

叫做什麼血魔法幫的殺人同好會。

儘管志趣有些不同，但還有個近乎都市傳說的劊子手白箭。

最近則是聽說莫斯科的黑夜有「紅狼」出沒。

每個聽起來都像是嚇小孩的魔女之家的怪物，但卻是真實人物。

只不過——全都不存在於映像管電視中。就是這樣被處理的。

這是因為敗壞風紀的犯罪行為只存在於資本主義社會，偉大的祖國絕無此等情事。

扔進莫斯科森林公園或附近的人孔，事情就結束了。
民警的動作很慢，一兩個放蕩的女人消失也沒人會在意。
只要事後收拾乾淨，就會被當成殺人魔們的另一樁罪行消失不見。如同把棋子放在西洋棋盤上。
但即使是這點小事，也需要時間處理。遊戲時間愈拉愈長了。這可不是好現象。
他明白自己有著容易沉迷的壞習慣。必須努力學會收心才行。
「喂，要打掃了。來幫我！」
老大對著浴室的門外吆喝。無人回應。
不會是在嗑藥吧？
他試著做個寬宏大量的老闆，但底下員工還是得把工作做好。
他煩躁地一邊咋舌一邊走出浴室，在磁磚地板上留下紅色腳印。
等一下這裡也得打掃。雖然這裡不是他家，但留下血跡就是不應該。
「——喂！」
他裹著一條浴巾，來到有點寒意的室內。還是無人回應。
當然了，因為沒有一個人活著。
老大的腳啪喳一聲踩到了水灘。混合了潤滑液與髓液的黏漿。

「啊？」

當這灘果醬狀的液體瞬間分散了他的注意力時——不知道他正在想些什麼？

「喵嗚～♪」

不管怎樣，總之最後聽見的是貓叫聲。

他忽地抬起臉來時，電熱式指甲把那底下的喉嚨像奶油一樣割開。

伴隨著哨音般「咻」的一聲，血液噴了出來。一隻黑貓撢開其中一滴血，起舞般踩踏著地板。

貼合全身上下的緊身穿搭。光澤亮麗的黑毛。鉻金屬的眼眸。

黑貓——艾蕾諾拉，黑髮諾拉。

某人處理得當讓她這次的工作做起來輕鬆多了，她對成果滿意地微笑。

「嗯，盡力而為了！完美。」

當然——丹尼拉・庫拉金對此事毫不知情。

◆

「喂，同志，聽說了嗎？」

「聽說了。那個**喜歡玩女人**的老大被幹掉了嘛。」

「據說有個『清理人』去聲東擊西。」

「反正還不就是又有人死掉。」

◆

我偶爾會想起很久以前的事。

記得那時瑪麗亞剛開始做「電信技師」，替我介紹案子。

至於我則是正忙著在暗巷裡橫衝直撞。因為我需要錢。

就是從那時候起，想見到絲塔西婭變得需要比以前更多的錢。

——我還是覺得啊～

諾拉這麼說了。

——不能全部都丟給丹納哥哥、絲塔西婭姊姊與瑪麗亞姊姊啦。

——……一個跟我同年齡的女生跑來跟我說「我想做機械化手術」，要我怎麼辦？

這是瓦列里的聲音。

這兩個傢伙見我躺在沙發上打瞌睡，就以為我沒聽見。

其實這樣想也沒錯。那時我雖然聽見了，但沒認真聽。

我累壞了倒在沙發上，自己都不知道是睡著了還是醒著。

所以即使聲音進入耳朵，也一點都不覺得那是某種語言。

明明記得卻完全從記憶中消失，想不到還有這種事。

但不可思議的是記憶日後又會在不經意的瞬間，突然浮上表層。

就好像稍微搬動一下家具時，發現了幾年前弄掉的糖果。

雖然心想「原來掉在這裡啊」，但已經沾滿灰塵，無法挽救了。

——可是我如果真的去做，丹納哥哥絕對會氣炸，絲塔西婭姊姊會哭，瑪麗亞姊姊則是會颳起暴風雪啊。

——……我不想挨大哥揍，所以奉勸妳還是算了吧。

瓦列里的語氣聽起來一點都不像是真心勸退，口氣不乾不脆地嘀咕。

——不過我也要告訴妳，我打算弄台二手車幫點忙。

——……嗯，我知道了，謝啦。抱歉我問了怪問題。

——不會啦，嗯。這沒什麼。本來就是應該的。

如果我那時候跳起來給他們兩巴掌會怎麼樣？想也是白想。

這個妹妹與弟弟，都不會因為被我修理就改變自己的想法。畢竟是我的妹妹與弟弟嘛。

我還能怎麼辦？盡力而為的結果，就是這樣了。

總之當下最要緊的是——記得「醫師」也說過，是諾拉的電池。

得幫諾拉買個新電池才行。要千葉製的，品質最好的那種——……

「真是拿你沒辦法。你有在聽嗎，丹納！」

我飄盪於半空中的意識，被絲塔西婭用力往下一拉，回到了床上。

雖然跟我現在躺在柔軟床墊與床單上的感覺沒多大不同就是。

因為只要有絲塔西婭在，就足夠讓我沉浸在美夢裡了。

就算她鼓起臉頰，強調自己在生氣也一樣。

「所以我不是叫你小心了嗎！但你卻……！」

絲塔西婭靠過來逼近我，雙手撐在兩旁，呈現壓在我身上的姿勢。

我看著擺在眼前的深谷——就算穿著衣服也看得見——誠懇地說了：

「只是扭到腳而已啊。」

「扭到腳也一樣是受傷！」

絲塔西婭說完話就用手指彈了一下我的鼻尖。這處罰還真重啊。

「今天你必須躺著休息！我會煮飯給你吃，但是接吻以及其他類似行為一律禁止！」

以免動到你的腳。絲塔西婭講得理所當然。我擺出一副快要斷氣的表情說道：

「太狠了吧，幹嘛這樣對我？」
「老師也說我太寵男人了。」
但是得到的回答十分嚴厲，絲塔西婭從我身上溜走。
我的上空只剩下輕柔飄散的香皂味，以及她留給我的體溫。
「所以我這樣對你嚴格一點也不算過分吧？」
看到絲塔西婭擺起架子這麼說，我稍微嘖了一聲。
因為她這人一旦做了決定就不會改變。不會答應我的任性要求。
所以我開始鬧彆扭也不能怪我。
在外頭奔波了好幾天賣命幹活，結果卻得受罰，誰吃得消啊。
不，是我不好沒錯。這我知道。
我現在這種態度，絕對不能讓弟弟妹妹們看到。
只能在絲塔西婭面前這樣。而絲塔西婭總是看穿了這一點。
走向廚房的她轉過身來，淘氣地眨眨眼，閃爍的星光看著我。
「作為補償，下次就……好嗎？」
「……」
我比對付ＧＲＵ時思考得更認真，然後說出靈光一閃的天才想法：

「……只要妳騎上來，我不就不用動了嗎……？」

「不可以——！」

莫斯科之戀

這天，太空征服者紀念碑依然聳立於莫斯科。
貫穿從奧斯坦金諾電視塔延伸的電腦網路，直指更高遠的雲層彼端。
朝天描繪著巨大弧形，高達一百公尺的鈦金屬巨塔是征服天空的證明。
在這歌頌偉大祖國勝利的紀念碑底下，有著一排歷任太空航海家英雄的胸像。
火箭之父齊奧爾科夫斯基、太空第一人加加林、「海鷗」泰勒斯可娃……
然後是登月先鋒，弗拉基米爾・科馬羅夫上校。
這麼多的男性與女性，追隨偉大萊卡的腳步一一挑戰太空。
史普尼克和探測器八號，人類的最大功臣們即使經過兩百年依然光耀世界。
縱然永遠無法比月面腳印再往前一步，這一步的價值仍然不會被貶低。
只不過是這個人類史上最偉大的一步，後來就沒再更新紀錄罷了。

我們的努力得到了回報，

我們已經克服了無限黑暗和恐懼，
我們鍛造了這些燃燒的翅膀。
為我們的祖國和人民的時代！

我不懂太複雜的事。也不是很懂鐫刻在這碑上的詩是什麼意思。
我只知道他們很了不起。
知道這些男人、女人與狗都完成了他們真正的職責。
相較之下，我那天則是在他們的俯視下，匍匐爬行於和平大街。
偉大的祖國鮮少發生塞車這種資本主義社會的弊病。
但今天偏偏是發生這種罕見現象的日子。
滿街都是車。大半是莫斯科人、直古力或勝利等大眾車款。
怒罵聲此起彼落，喇叭響個不停。然後是震天動地的槍聲和爆炸聲。
「有膽就來啊！」
「畜生，去死吧！」
幫派分子們破口大罵，揮舞著卡拉希尼柯夫，投擲手榴彈。
是糾紛還是鬥爭？連目的都不確定，打手們展開火拼。

無端受波及的人可吃不消。

也有很多人根本搞不清楚狀況就亂罵。及早開溜的傢伙不是膽小，而是聰明。

「站住！站住！……叫你們站住，你們這些白痴是聽不懂嗎！」

巡邏的民警們也在破口大罵，但目前看來沒收到多少成效。

不如說民警領的薪資也沒高到值得蹚這灘渾水。

或許應該說他們也只是吼吼就算了。

不過真要說的話，我領的錢也沒多到哪去。

只是金額足夠讓我搏命罷了。

我看到無接縫近未來設計的豪華轎車——VAZ—X冒著橙色火焰與黑煙燃燒。

看來沒有一個人有那閒工夫去理會。我也是。一秒都捨不得浪費。

我的鼻子哼了一聲，鑽過人群，衝過道路。

目前狀況如此，我抱著衝鋒槍也沒人會攔下盤問。

再來就看敵方的狀況了。我複習腦中背起來的情報，嘴唇勾起諷刺的笑。

——真是走運，只有ＭＩ６的話還有勝算。

這還算人話嗎？只有ＭＩ６的話還有勝算？

「我又不是伊利亞・穆羅梅茨上尉……！」

我邊罵邊跑。

就算跑到心臟破裂也不在乎。我有點後悔沒做機械化手術。

我就算是累死也得繼續跑——這關乎絲塔西婭的性命。

◆

「嗯……呼，啊……啊……唔，嗯……嗯嗯……」

絲塔西婭稍稍踮起腳尖，雙眼水汪汪的，不由得呼出焦急難耐的氣息。

用身軀接住她的乳房，手繞在細腰上攙扶她的輕盈身子是這世上最棒的工作。

「呼，啊……啊……丹……納……？」

她抓緊我的防彈衣站穩，同時悄悄抬頭看我。

大概是喘不過氣了吧。紅霞飛上她的臉頰，眼眸如痴如醉。

嘴唇牽出一條銀絲，就算不是我也會想再吻她一遍。

但我不能這麼做。時間無限存在，但總是不夠用。

領航員手錶永遠走得準確。從告知加加林經過一百零八分鐘的時候以來始終如一。

我動用所有的理智，像是小心對待一件玻璃工藝那樣，輕輕推開絲塔西婭。

她依依不捨地依偎到我身上，但我也已經瀕臨極限了。

「……今天該結束了。」

「……嗯。」絲塔西婭靜靜微笑。「丹納，你可要忍住唷。」

不要去找其他女孩。儘管絲塔西婭從來不把話說出口。

不，說不定就連這個，都只是我腦中浮現的美好幻想。

但是那也無所謂。我寧可當作她心裡這樣惦記著我，這會讓我心情很好。

我用包著厚手套的指尖梳理絲塔西婭的銀髮，她就像貓咪一樣瞇起了眼睛。

「我會再來的。」

「好，我等你。」

最後我與甜甜微笑的絲塔西婭互吻臉頰，離開了她的房間。

回頭偷看一眼，絲塔西婭在腰側微微揮手。「下次見喔。」

害得我好不容易才壓抑住險些上揚的嘴角。

我一如往常地走進格柵電梯，投入硬幣。

電梯用符合收費的安靜動作，把我送到地面。

所以呢，後來發生的事當然也一如往常。

「你總算是下來啦，丹尼拉·庫拉金。」

橫眉豎目的皮斯孔夫人，用一如平常的威嚴態度等我出現。

但我也不會輸給她。我可是對付過GRU或幫派分子的。

我當著她的面，裝模作樣地看一眼手腕上的領航員。

「我不覺得我有拖很久啊……會不會是手錶慢了？」

「畢竟上次才剛聽說你傷到腳嘛。真笨。」

酸言酸語對夫人不管用。她用一種貓或老鷹盯著獵物的目光瞪向我。

每次都把我嚇到腿軟。這就是所謂的管教或條件反射嗎？

我模模糊糊地想起之前聽瑪麗亞說過的伊凡・巴夫洛夫養的那些狗。

「要知道，天助自助者。笨蛋是得不到上天保佑的。」

竟然會去相信那些非科學存在，夫人果然是個老派人士。

我大可以笑著不當一回事。但我無意取笑別人相信的事物。

更何況那種沒禮貌的傢伙會挨夫人的揍。

「不是都說狼飽肚子靠腿勤嗎？」

「那你就別讓腿受傷啊。」

然而就連我拙劣的反駁，也被夫人一句話擊落。真受不了。

這種時候最好的方法就是用實際成績來反駁。做出結果可以讓任何人閉嘴。

「別擔心，我有在賺錢啦。」

「那還用說嗎？付錢的才有資格聽音樂。」

意思是叫我別拿理所當然的事情說嘴，這句話說得很對，但我也是很辛苦的。

我被叮得滿頭包，但仍然把信封交到夫人優雅地伸出的掌心上。

「……給妳。」

「這才對嘛！」

比起我耗費的時間和勞力，夫人用魔法般輕快的舉動把信封收好。

我每次總是一賺到錢就變得心胸開闊，但錢一被拿走又意志消沉了。

我不禁變得有點沮喪，夫人照常用她銳利的眼神狠狠瞪我。

然後用那枯枝般……或者根本就像巫婆魔杖的手指，戳了一下我的胸膛。

「丹尼拉．庫拉金。你這陣子先別過來比較好。」

「啥啊？」

「我是在叫你別來這裡。俄語聽得懂吧？」

「怎麼忽然這麼說？妳是什麼意思？」

我當然會忍不住這麼問了。

想見到絲塔西婭需要付錢。也就是說只要帶錢來就能見到絲塔西婭。

誰都不能對這件事說三道四——好吧，也不是真的不能。

但我也不認為夫人會說「我不希望你這種混混接近她」。

果不其然，夫人看了我的反應後以鼻子輕哼一聲，慢慢搖了搖頭。

「別誤會了。純粹只是我們這裡不方便啦，丹尼拉．庫拉金。」

「……意思是？」

「是為了下一場戲劇演出。我想讓那孩子心思稍微專注點。不過是如此罷了。」

「是喔……」

我噘起了嘴唇。但也不便繼續過問。

絲塔西婭的舞台。那是她意義重大的職業，不是我能干預的事。

沉默了半晌後，我死心地用舌頭發出「嘖」的一聲。

「我都跟她約好了會再來耶。」

「那就再來啊。」

夫人輕蔑地瞪著我。然後難得——我是說真的！——翹起了嘴角。

「到時候別忘了照常付錢啊！」

◆

那個名叫爵士的女人，歌聲還是一樣富有磁性，相當有吸引力。

即使肋骨唱片的音質沙沙作響，好歌一樣是好歌。

再說我這輩子從來沒在意過什麼音質。光是能放音樂就夠偉大了。

「哦，老兄好眼光，好耳力。怎麼樣？這是限定圖案，要買趁現在！」

「我考慮看看。」

在切爾基佐沃市場，我隨口應付店老闆的叫賣，但也稍稍考慮了一下。

雖然不是能奢侈享受的身分，但也沒窮到不能犒賞一下自己。

既然絲塔西婭在忙，這段期間就得待在家裡消磨時光——……

——音樂這玩意，也算是個頗有文化的興趣。是不是？

感覺挺像樣的。我可以去撿台壞掉的留聲機回來，拜託瑪麗亞修理。

當然工錢不會少給——然後就可以來聽爵士的肋骨唱片了。

坐在地窖深處，傾聽這個異國女子的沙啞歌聲。

旁邊再來杯伏特加。卡拉希尼柯夫就免了。

這在我的想像中，似乎稱得上是一種高級享受。

即使沒伊利亞・穆羅梅茨上尉那麼像樣，也還滿有格調的。有格調，換言之就代表有餘裕。

有餘裕就表示可以跟家人一起吃好料，可以去找女人，也能聽音樂。

「哎喲，抱歉啦，同志！」

「要讓你失望了。」

我賞伸手碰我口袋的小鬼心窩一記肘擊，不理會痛得叫不出來的小鬼抽出信封。然後拿出盧布紙鈔，用手指夾著遞給店老闆。

「給我一張。」

「謝謝惠顧，你太棒了！」

店老闆用油紙包好刻在X光片上的唱片，拿給了我。

不明人士的骨骼照片，刻著不明女子的歌曲。

不，我知道她的名字。她叫爵士。這樣就夠了。

我小心翼翼地抱著紙包，繼續前進。

錢減少了，換來了一張唱片。不過就是這點小事，卻讓我腳步變得輕快。

讓我毫無意義地想把它拿出來看——當然我不會這麼做。

要是有人以為我帶著值錢貨，麻煩又要找上門了。就像剛才那小鬼一樣。
所以我快步鑽過黑市的人叢，一路往前走。
可能因為二一六〇奧運將近的關係，黑市的那些人似乎也顯得更生氣勃勃。
「來來來，在奧運開幕前先買台電視吧！千葉製，螢幕不用裝放大鏡一樣清晰！」
「一九八〇莫斯科奧運的旋轉電視機！口袋放映機專用膠片！」
「投注奧運獎牌得主，賭金從一盧布起跳！」
我從出生以來，就跟運動和體操之類的比賽毫無緣分。
什麼奧運，本來我也覺得到死都跟我無關——……
——但把它當成一種慶典活動的話，或許也不賴。
我可不會因為別人為了自己不感興趣的事起勁，就亂發脾氣。
這樣想來，或許這也算是一種餘裕？
有錢就有餘裕。也就是說餘裕能用錢買到。確實有這個價值。
——就這層意義來說……
瑪麗亞啜飲那種苦到不行的泥水，也不是件壞事。
意思就是我妹妹自己賺錢買自己喜歡的東西，並樂在其中。
用映像管顯示器與計算器塞滿整個房間，換成從前的話也是無法想像的事。

我一邊從咖啡攤聞著焦香味，一邊毫不客氣地坐到她旁邊。

雙臂抱胸站立的黑髮少女，凶巴巴地低頭瞪我。

「午安，同志……你今天很準時。」

「因為我理解到時間的寶貴了。再來就是被趕出來了。」

「……嘖。」

煩躁的咋舌。瑪麗亞火氣很大地咬住嘴唇。但是遲遲沒有下一句話。

我想跟她聊聊叫爵士的女人的歌聲以及留聲機，看了看她的側臉。

然後把抱在懷裡的肋骨唱片包裝放到旁邊，漫不經心地望著走在路上的群眾。

每個人要不是找到了自己要的東西，就是抱在懷裡，匆匆忙忙地走動。

「有急件嗎？」

就在我身旁，我感覺到瑪麗亞身子顫抖了一下。

「……我什麼都還沒說啊。」

我托著臉頰面對人群，只用眼睛瞥了妹妹一眼。

「妳沒喝咖啡。」

「……笨蛋。」

瑪麗亞忿忿地唾罵，又啐了一聲。

不知道她是不想繼續浪費時間，還是心裡焦急，也可能是兩者皆有。

「案主是『機關』。」她壓低聲音，急著把話說完。

「喂，我沒有要問那麼多——」

「請聽我說完。」

「ＧＲＵ已經在絲塔西婭姊的身邊展開行動了。」

這句話聽起來像在慘叫。

一瞬間，我以為四周安靜了下來。無論是嘈雜的人聲，還是遠處傳來的沙啞歌聲都消失無蹤。

我一臉老哥聽妹妹耍任性時會有的那種呆愣表情，沉默不語。

「……跟姊發生過關係的軍人，打算帶著『ОВД（華沙公約組織）』的最先進機種流亡海外。」

那真是太猛了。簡直跟ＭＩ６的〇〇級人員沒兩樣。

「絲塔西婭也被懷疑了？」

「幸好沒有……可以這麼說嗎……因為姊跟ＫＧＢ走得比較近……」

「水族館」也無法立刻出手，但一有辦法出手就會構成對「機關」的政治事件。

因此他們現在只能嗚嗚地低吼，在周圍打轉觀察情勢。

瑪麗亞語帶保留。就算跟我解釋清楚我也聽不懂，所以這樣就夠了。

比起那些政治啊什麼的，我還有其他堆積如山的問題需要考量。

「案主想怎樣？」

「……暗殺那個人，奪取文書證據。藉此搶先GRU一步。」

「絲塔西婭的安全有保障嗎？」

「應該有。絲塔西婭姊是莫斯科第一，GRU沒有證據也不敢怎樣……」

「找我的理由是？」

「我想應該是因為萬一失敗，哥對『機關』來說是存在可否定的人才。」

「報酬。」

「暴雪」有問必答的機械式對答，在這時戛然停止了。

我抬起臉來看向身旁的瑪麗亞。她的臉不在那個位置。

瑪麗亞就像屋頂積雪落下那樣，無力地在我身邊蹲下來。

比雪更白的臉，望著我的眼睛。雙眸直勾勾地注視我。長大了，變漂亮了。

「……等等，哥。你想接嗎？」

「當然。」

這沒什麼。我一如往常地回答。我的袖子被用力一拽。

「…………不可以。」

當然，只有瑪麗亞會這麼做。

不可以，不可以，不可以……她甩動著黑髮搖頭，不停重複。

就像很久以前在地窖裡做過的那樣，妹妹用力到泛白的手指，握住我的袖子。

「……哥，這樣可能會沒命的。」

「對，絲塔西婭會。」我說了。「連帶著我也會……然後就輪到你們了。」

說個笑話。

有一次總書記在演講時，某人打了個噴嚏。總書記問是誰打的噴嚏。

沒有人回答。於是總書記從離自己最近的那個人開始，一個個依序肅清下去。

等到只剩下最後一個時，那人渾身發抖說了。是我打了噴嚏。總書記表示：

——沒關係，同志。保重！

「妳明明都知道卻還是來找我商量，可是又露出這種表情，看來妳還太嫩了。」

我最拗不過的，就是瑪麗亞從小到大都沒變過的這副表情。

瑪麗亞咬住嘴唇，頭低了下去。黑髮流瀉遮住臉龐。手依然握著我的袖子。

「……噴。」

然後故意噴了一聲讓我聽見。我忍不住笑了出來。

「把妳那毛病改掉啦。」

「不要……都是丹納哥害的。」

瑪麗亞這麼說完，嘶了一聲輕輕吸了一下鼻子。她用手掌擦擦眼角，終於抬起頭來。

所以我也覺得，我還是該對她說點什麼恰當的話才好。

「好吧，該怎麼說呢？別擔心啦。」

要用我這粗糙的手指去摸還真不好意思。但我還是摸了摸妹妹的黑髮。

「我會盡力而為的。」

◆

首先第一步是扶起掉在地上的特大號輪胎。

我扶起廢棄卡車輪胎，再用渾身力氣把它推倒，然後再扶起。

才做一、兩遍就會全身噴汗氣喘吁吁，但這就表示有運動效果。

我咬緊牙關，就像在玩一個有趣的玩具那樣抓住輪胎。

為了讓我能夠扛著衝鋒槍到處奔跑開槍殺人，這是最重要的準備。

跑不動就得死。手瘦拿不動槍也得死。這都是死掉的老頭教我的。

現在回想起來，那個做資源回收的老頭也許是個復員兵。

然而實際上，那老頭就是醉到跑不動了才會在路邊一睡不醒。

也就是說，這個教訓合乎道理。確實有付諸實行的價值。

假如有個在莫斯科大學學了一堆運動學還是什麼的傢伙看到，一定會笑我吧。

這傢伙用錯方法了。效率很差。真蠢。或是有更好的方法之類。

關我屁事。

是我在賣命，不是他。

丹尼拉·庫拉金的重訓方法只有我自己能挑剔。

除非這位知識分子槓上特種部隊的生化士兵可以揍死對方，那還有一聽的價值。

但是把身上哪個部位的肌肉運動十次然後做三套，跟運動三十遍差在哪裡？

如果每次都要考慮這些才能鍛鍊肌肉的話，那根本沒意義。

我一邊運動到滿身大汗，一邊瞪著熱水管瞧。

在家裡連牆都幫你。但是這次就不行了。

亞當·阿德洛瓦聯邦空軍（VVS）少校。

我想起跟鬧脾氣的瑪麗亞拿的資料裡，那張傳真電報的照片。

對，是電報。不是電傳。因為不知道長相就什麼也不能做。

即使印刷畫質粗糙仍然能清楚辨認，是個露出白牙微笑的金髮帥哥。軍服底下的體格也沒話說。

正可謂理想中的軍人。英雄。太空飛行員候補者。而且也是勾結資本主義者的間諜。

——同時，也是絲塔西婭的**朋友**。

這個男人跟絲塔西婭交好時愛擺什麼臉是他家的事，但她呢？

思考了一瞬間，我猛力推倒了輪胎。一聲沉重的巨響。我抓住輪胎，把它拉起來。

聽說大約兩百年前也發生過類似的事件。

那個軍官似乎搭乘著當年最先進的戰機，突破防空網逃去了遠東地區。

當時那個似乎是防空軍的人員，但不管怎樣，在奧運開幕前夕幹出這種好事可不是鬧著玩的。

我的工作就是在亞當少校閣下帶著我們祖國的機密逃跑之前，把事情擺平。

「問題在於敵人不是這個少校。」

我把輪胎摔向地面後，倚著它調整呼吸，擦拭額頭。

「機關」急著展開行動阻止亞當少校幹傻事。

「水族館」露出獠牙在周圍打轉，想趁著「機關」出錯時咬他們一口。

好吧，自己人鬧內鬨不是新鮮事。我也常常在中間參一腳。

問題在於這次拜交遊廣闊的亞當少校閣下所賜，事情嚴重了。

ＭＩ６與ＣＩＡ想把亞當少校握有的機密弄到手。

ＧＲＵ當然要加以阻止，順便也想抓住ＫＧＢ的小辮子。

然後在這場鬥毆當中，代表ＫＧＢ闖進去湊熱鬧的就是——……

「『清理人』丹尼拉·庫拉金，是吧。」

簡直瘋了。腦袋不正常。換成別人這麼幹，我也會指著他大笑。

——來整理狀況吧。

大前提是「機關」不可能把一切押在我一個人身上。

這還用說嗎？狀況不允許他們把事情全部交給一個「清理人」，自己作壁上觀。

這麼一來，我是期待他們至少背地裡會跟「水族館」那幫人打起來。

好歹期待一下嘛。不然就是「機關」打定主意要收拾我設下的圈套了。

至於講到ＣＩＡ——坦白講，我**沒有很怕**。

當然了，他們絕不是一介「清理人」能看扁的對手。

但那是指面對面打過招呼後再打起來的情況。我可沒那麼懂禮貌。

問到ＣＩＡ有沒有那麼大的鬥志，坦白講，我覺得答案是ＮＯ(Нет)。

那幫人可是目標都已經進入瞄具了，還因為民主手續啥的沒通過就不能開槍。

到哪裡都派出一堆戴著墨鏡，肌肉發達的硬漢。

跟「機關」或「水族館」穿著黑衣的意義完全不同。

因為他們的工作就是嚇唬我們。CIA的各位人士就不是了吧。

而且他們明明跑到了別人家院子裡搗蛋，卻還怕對岸白宮的山姆大叔怕得要命。

這樣想來，結論就是——……

「真是走運，只有MI6的話還有勝算。」

我這樣說著，嘻嘻笑了起來。

真是的……這還算人話嗎？只有MI6的話還有勝算？

當我是伊利亞・穆羅梅茨上尉啊。

「喂——大哥，準備吃飯嘍——？」

忽然間，瓦列里悠悠哉哉的聲音傳進了耳裡。

我應了一聲「喔」，用代替毛巾的碎布使勁擦了擦臉。

「今天輪到你煮飯啊。吃什麼？」

「鱘魚湯。都是諾拉吵著要吃可以**養顏**的東西啦。」

「那傢伙正被『醫師』迷得神魂顛倒，你就體諒她一下吧。」

聽我這麼說著，瓦列里便咧嘴笑了一笑。

大眾只知道鱘魚的魚子是美食，其實魚肉也很好吃。莫斯科什麼都有。

瓦列里跟脖子掛條毛巾的我站在一塊，我才發現他的個頭已經跟我差不多高了。
雖然他從以前就是個瘦皮猴，但是成長起來還真能長高。不過其實瑪麗亞與諾拉也是這樣就是了。

「瑪麗亞在幹嘛？」

「大姊的話窩在房間裡不知道在幹嘛，諾拉去想辦法把她拖出來了。」

「是喔。」

「大哥。」瓦列里說道。「下次的工作危險嗎？」

「跟平常一樣危險。」我笑了。「所以快點開飯吧。我餓了。」

「好，馬上來！」

瓦列里回去弄飯。我坐到餐桌旁，一邊坐在椅子上放鬆，一邊悠閒地傾聽聲音。
瑪麗亞姊姊！撒嬌的聲音。諾拉！煩躁的聲音。一定是踩到電線還是什麼了吧。
瑪麗亞上次跟我講了那些，現在看到我一定會有點不好意思。
不知道她現在是什麼表情？不外乎是尷尬、嘔氣或鬧彆扭，或者以上皆是吧。
她自己或許以為表情裝得滿不在乎，但我一看就會知道。
我們都會知道。瓦列里也是，諾拉也是，瑪麗亞也是，絲塔西婭也是。家人的事我們都無所不知。

再過一會兒，諾拉就會牽著瑪麗亞的手來到飯廳了。
然後我們所有人會圍著瓦列里煮的菜，吃飯聊天。
瑪麗亞會扳著臉，瓦列里會拿出他的油腔滑調，諾拉會瞎攪和。
等吃完之後，我會著手處理工作。做好準備，擺平問題。
然後去見絲塔西婭。
什麼都不會改變。要做的事只有一件。
——我要盡己所能了。準備接招吧，ＭＩ６。

◆

「唷，同志，打擾了。」
「哎呀。」
立花女士看起來還是一樣忙碌，卻笑容可掬地迎接我。
映像管顯示器與文件層層堆成的山脈，海拔比起上回似乎又增高了些。
但坐在山谷間的她看起來比開車時更興奮，活力充沛地大聲說道：
「這不是上次那位『清理人』嗎？今天有何貴幹？」

「來提供點售後服務，問妳最近好不好。」

「呵呵呵，別擔心。我和GRU的各位人士處得可好了。」

——這麼說來，在雙方的預算之爭上是她贏了一局嗎？

當然了，我不可能知道她說的是真是假。

政府官員都是如此。他們只會說出他們需要說的話。

聽說所謂的資本主義者什麼都想弄清楚，但知道了又能怎樣？

我一點概念也沒有。就算知道了，那些國家運作的事我又不懂。

也不認為我能負得起那種責任。交給有能力的傢伙去做就好。

我明白的只有一件事。

那就是葉蓮娜·立花財務人民委員會議員閣下，似乎不想降低我對她的好感。

至少看在她眼裡，我還有利用價值。真是值得感激。

「那這樣剛好。其實我有點事想找您商量。」

「可以啊。」立花女士露出親切的微笑。「有困難就該互相幫助嘛，同志。」

「是的，這是當然。」

我從防彈衣口袋拿出信封，抽出一疊盧布紙鈔放到辦公桌上。

「對了，這個掉在辦公室的門口。您知道失主是誰嗎？」

「哎呀，真是的。」長睫毛眨了眨。「謝謝你，我先代為保管吧。」或許失主會來認領也說不定。立花女士如此說道，把紙鈔收進抽屜。

「那麼——」我等她端莊地坐回椅子上之後才開口。

「是關於亞當・阿德洛瓦少校的事。」

「哦，深陷糾紛的他……」

立花女士反應模稜兩可，但是這樣反而更好懂。

她不禁露出的笑容說不上是苦笑還是失笑，閒坐在椅子上的模樣著實優雅。上半身靠著椅背，翹起修長的雙腿。套裝還真是不錯。下次拜託絲塔西婭也穿一下吧。

「不會給妳造成困擾的，同志。」

「但願如此嘍，同志。」

立花女士挺直後仰的上半身，手肘撐在辦公桌上，雙手交疊。

政府官員的迎戰態勢。可人的微笑與露出獠牙的野獸相近。

我們祖國的官僚體制極其優秀。不管是誰何時被剷除都能繼續運作無礙。在這種體制下，能夠存活下來的傢伙都是些什麼人——不用說，絕對不容輕侮。

不管怎樣，總之與軍方或情報機構都沒有直接關聯的她，已經掌握到情報了。刻意向我暗示這點，是牽制，還是威嚇？

反正面對他們這種人，在下水道長大的混混再怎麼掙扎都不是對手。

我們只擁有一身本領。沒半點學問。再來就是一點點的頑強，以及賺來的錢。就這樣。

所以我謹慎地挑選字眼，但不耍小聰明，盡可能說出自己想要什麼。

走進店裡到櫃檯排隊，說出自己要買什麼，安靜等店員印收據給自己。

「這點程度的情報的話，我可以給你。」

——好耶。

我克制自己不讓聲音興奮變尖，十分小心地道了謝。

「不好意思，得救了。」

「是呀。我看得出來你是豁出去了。」

真是的，完全被看穿了。但是矢口否認比認輸更丟臉。

我沒說話，只是聳聳肩並傾盡全力把立花女士告訴我的情報記在腦子裡。

重要的是時間與地點。

第一步不先搞清楚這些，那便無計可施。

等搞清楚這些後，就能走下一步。

「……不好意思，得救了。」

「哎呀，這麼快就要走啦？」

「畢竟我可是豁出去了。」

我再次向立花女士道謝，然後咧嘴笑著告辭。

接著我又覺得這樣還不夠，決定再補上一句話：

「今後請繼續惠顧。」

「好的。如果我又有需要，會再找你的。」

在立花女士的微笑目送下，我離開了她的辦公室。

啪嗒關上的門扉後方，可以想見立花女士一定正在積極處理新的事務。

「……那麼——」

立花女士肯定會這麼說，伸手一把拿起桌上電話吧。

「看來空軍高層要空出一個位子了，要安插誰進去好呢？」

◆

「哎呀，這不是丹尼拉·庫拉金同志嗎？」

聖芭芭拉教堂。我向這位古時候的少女致敬，然後對著從聖幛後方現身的女人低頭。

「女修士」看到我的這副模樣，一邊故作優雅地走來，一邊面露淺笑。

芭芭拉小姐要是看到這個肉感美女的僧袍打扮，不知道會作何感想。

至少救世主可沒說什麼，只是從聖幃注視著我與「女修士」。

「今天有什麼需求嗎？又來行懺悔聖事了？」

「對，沒錯。」

不用說也知道。我答得很快。

「我必須請妳仔細聽清楚，我接下來要用什麼東西做出何等罪孽深重的行為。」

「太可怕了……」

「女修士」故意吊人胃口，扭動著身軀強調她的柔軟肢體。

但我沒義務陪她玩，也沒那時間。

我從口袋裡扯出信封，抓出一疊盧布砸到她臉上——當然不會。

我畢恭畢敬，懷著敬意把它交給了「女修士」。

「這是捐款。免得妳聽漏我說的話。」

「哎喲，這……」

眨啊眨的。「女修士」像個天真爛漫的小姑娘似的眨了眨眼睛。

那種舉動，就好像她作夢也沒想到我會給這麼大一筆錢。

話雖如此，這女人的一舉一動總是耍心機且戲劇化，誇張得很。

「吾主伊伊穌斯・合利斯托斯，上帝子，藉汝至潔母與列聖祈禱，憐恤我等……」

然後她動作依然誇張，但卻又真誠得驚人，向救世主做了禱告。

「妳願意傾聽吧？」

「當然願意了。」

對於我小心謹慎的詢問，「女修士」用宛如誕神女的仁慈神態點了點頭。

掛在脖子上的聖頸長巾，受到那乳房強調的稜線大幅晃動。

「這座教堂原本就是世人的心靈依歸，也是護佑用火者的聖地啊。」

「很好。」

我毫不遲疑，又急又快地對「女修士」下了一長串訂單。

是啊，這種行為簡直罪無可赦。但這都是我為了自己著想，為了自己所做的事。

無論是救世主、誕神女還是受難花殉道聖女芭芭拉，要捨棄就捨棄我一個人吧。

畢竟就算非科學存在是假的，這三個人呢？好吧，我想應該是真實人物。

「……事情來得有點急，所以我也得先執行聖禮儀與聖事才行。」

把我的話聽完後，「女修士」似乎稍微考慮了一下，但還是低喃了句「阿民」。

「不過，上帝一定會看顧您的。」

「來得及趕在我犯下罪過之前嗎？」

「不可懷疑吾主伊伊穌斯的作為，丹尼拉·庫拉金。」
既然是實際存在的木匠之子的工作，想必很有信用。畢竟是勞工，是人民嘛。
「太感激了，同志。」
我對著聖幛上的男人畫像咧嘴一笑後，慢慢站了起來。
跪在石造主教座堂裡會把人冷死。既然事已經辦完，久留也是無用。也沒那多餘時間。
——等等，事情真的全都辦完了嗎？
站起來的我，與依舊凝視著我的男人視線相接。
於是我嘆了一口氣，視線轉向「女修士」。
「……妳就當作是順便吧。」
我沒資格講這種話。只覺得自己既沒出息又可恥。
「可以為我的家人祈求好運嗎？」
「那我可得祈求上帝連您也保佑才行了。」
誰知道「女修士」卻用真正司祭般的口吻，想都不想就回答了我。
我短促地啐了一聲。「女修士」見狀，掩嘴輕聲笑了起來。
「應該的，應該的。這點小事，不過是對虔誠信徒的服務罷了。請別放在心上。」
我沒打算再跟這女人講下去。這下所有事情是真的交代完了。

我二話不說轉身就走，一直線走出主教座堂。

榮福上帝之母。我聽見「女修士」如此說道，肅穆地念誦祈禱文。

「請向我們敞開仁慈之門。寄望於祢，我們便不會喪亡。憑藉祢，我們便從苦難中獲得解脫。」

——因為祢是我眾基督徒的救援。

然後當我關上門時，背後拋來「誠心所願！」的禱文。

◆

我靜靜地打開那間酒吧的門。

蕭條的小店才剛開始營業。店裡髒兮兮的，陳設只有吧檯跟遠處的立飲桌。

酒客只有站在那桌邊的紅髮潛行者（Red Stalker）、教授與作家而已。

大概是準備待會兒潛入軍事禁區吧。我聳聳肩，站到吧檯前。

點了杯伏特加後，我靠著吧檯，等著那一刻漸漸逼近。

路面電車發出哐啷砰咚的低沉聲響從窗外接近，又漸漸遠去。

教授與作家都在喋喋不休地講著一些事情，但大家似乎都沒在聽別人說話。

八成受僱於他們的潛行者也一樣，似乎對客戶的事情不感興趣。

我也一樣。

那是別人的生意。反正失敗了對我也沒好處，祝他們順利成功。

然後如果順利搞定，能把他們的好運分一點給我的話就更好了。

不久那三人組就離開桌子，慢吞吞地走出了酒吧。

耳朵聽見五八年款的荒原路華發出噗噗聲開走。

之後又過了一段時間，

「等很久了嗎，同志？」

「不會，沒等多久，同志。」

我對著姍姍來遲的黑幫老二柯倫布成科如此說道，舉起裝有伏特加的小酒杯。

「你也來一杯？」

「還是算了。」柯倫布成科語氣一板一眼地如此說道。「我很注重健康。」

「是嗎？」

我一口氣乾掉杯中物，用杯底撞了一下吧檯。

店員立刻來幫我續杯。壯行會沒來點酒精可不行。

這個幫派分子既然會注意健康，可見沒對內臟動手腳。

這讓我產生了一點親近感。雖然只有一丁點。

「那麼，丹納。」柯倫布成科親暱地說了。「你說你想拜託我什麼？」

黑幫對任何人都很和氣。

至少只要階級高於跑腿小弟，有點頭腦的打手都是這樣。

因為如果不分對象一律張嘴亂咬，會連獵物也嚇得跑光。

「我會付錢，也無意給你添麻煩。也應該不會惹禍上身才對。」

所以我決定早早亮出誘餌。不然人家不肯上鉤就麻煩了。

「嗯哼。」

柯倫布成科這麼說著，彷彿別有深意似地雙臂抱胸，做出沉思的動作。

還不能焦急。目前還只是河面的浮標輕晃了一下而已。

說歸說，其實我根本沒釣過魚。

「好吧，畢竟你幫過我不只一次。就先聽聽你怎麼說吧。」

這才叫上鉤了。只不過上鉤的說不定是我。是誰都無所謂。

我從口袋裡的信封抽出一疊盧布紙鈔，放到了吧檯上。

「我想拜託你的事情是——……」

我從自己擬定的計畫當中，揀出充分必要的部分對柯倫布成科簡短說明。

在這種時候，有些傢伙會莫名其妙愛搞祕密主義，我是覺得那樣有點蠢。
那麼做大概是擔心情報會從某些管道外洩吧，但如果反而啟人疑竇就沒意義了。
烏鴉不啄烏鴉的眼睛。
不想被啄的話，當然應該清楚告訴對方自己也是烏鴉。
「就這點小事啊？沒問題，同志。我幫你。」
看吧。聽到柯倫布成科這麼說，我故意微微揚起單邊眉毛。
「這樣好嗎？我不該拜託你幫忙又這麼問，但這總是件麻煩事吧？」
「沒關係。我早就想讓年輕小夥子練練了，這樣正好。」
「那就好。」
我一口氣喝乾小酒杯裡的液體，把戈比往吧檯上一拍。
「不過改天可能又要請『清理人』賣命一下了。」
「嘖，真夠精明的。」
我們彼此都笑了起來。儘管笑得虛偽，不具有多少真心實意。
「那就這樣了，同志。日後見。」
「好。日後見，同志。」
我與柯倫布成科握手道別，離開了酒吧。

我並不信任他，也不覺得他有多少信用。

只不過彼此都在同一個飼料場啄食罷了，但這樣就夠了。

◆

跟車庫谷的密醫最不搭調的氣味，應該是所謂的紅茶香吧。

一開門的瞬間，這股味道就混雜在血腥味與酒精之中飄進鼻腔，使我不禁停下腳步。

「……喝下午茶？」

「是啊，想休息一下。」

手術衣被血、機械油與髓液弄得滿是紅黑汙漬的「醫師」躺在長椅上回答我。

地板上隨便擺著幾條彎曲變形到與廢鐵無異的義手或義足。

就情況看來，應該是經歷了一場累人的解體處理……更正，是手術。

我繞過那些殘骸，走到「醫師」對面坐下。

「死了？」

「沒有，還活著。」

「喔。」

那很好啊。我真心這麼覺得。

比起出人命，對方還活著當然更好。救人是值得敬佩的工作。

跟「清理人」可不能相提並論。

「所以我現在累壞了。要看病可以，但如果不是急診的話麻煩等我半小時。」

「或許是急診，但不是今天。」

「是喔？」聽我咧嘴笑著這麼說，「醫師」有氣無力地答道。

他懶洋洋地撐起上半身，扒掉戴著的帽子與口罩。

「也就是說你要預約看急診了。很少聽到有這種事呢。」

「也沒什麼大不了的，只要幫我保留一張床，一天就夠了。」

「就算有其他人快死了？」

「那樣的話，我睡地板就是了。」

瞧「醫師」那張臉，比一口氣灌下替代咖啡的表情更難看。

比起憤怒更像是傻眼——不，憤怒也有吧。「醫師」聽了這種事不會開心。

既然會不開心表示你還有救，丹尼拉・庫拉金。

但是，我也只能靠「醫師」了。

沒有國內護照的隱形人，對醫院來說也是如此。

我能接受治療的地方——外加放心二字——並不多。

「……我知道你的工作性質，所以就不多說什麼了。」

過了半晌。

「醫師」深深嘆一口氣，粗魯地摸摸他那盡顯疲態的臉與頭，又嘆了一口氣。

「你有好好跟諾拉說吧？」

這次換我皺眉咋舌了。

我從口袋裡拿出信封，從瘦了不少的袋中抓起一疊鈔票。

「訂金、損失費與封口費都在這了，醫生。」

「封口費就免了。醫生有所謂的守密義務。」

「那就算到工錢裡吧。」

我站起來，把整疊紙鈔塞進了「醫師」手術衣的口袋。

「真是的，你這大舅子太了不起了，丹尼拉·庫拉金。」

「將來再這麼叫吧。」

離去之際，背後拋來的一句話讓我咧嘴一笑。

然後我故意回得讓廚房也聽得見，啪噠一聲關上門。

至於門內的「醫師」在跟誰說些什麼——……

「……清理人這一行真教人無言。不，也許只有丹尼拉・庫拉金才這樣？」
「哼。丹納哥哥遇到這種事，總是不讓我幫忙。他厲害他自己去啊。」
「別嘔氣了，諾拉。誰叫妳一聽到腳步聲就躲起來？」
「……哼。」
——我已經走遠了，所以與我無關。

◆

就這樣，我忙著在莫斯科四處奔波，搞定一切時已經入夜了。
莫斯科的夜晚很冷。
暗灰色的天空烏黑汙濁，降雪彷彿會愈來愈大。
在路邊駐足一看，行道樹的葉子被路燈照得暈開，微微泛著霧白色。
嘴裡呼出凍得刺骨的氣息。
這種夜晚最好早點回家，喝杯伏特加上床睡覺。
時間所剩不多了。休息時間當然也該珍惜使用。
可是——也不知道為什麼。

我的雙腳走向了聳立於莫斯科河岸的白塔。

霓虹燈招牌上，舞動著對莫斯科奧運的士氣鼓舞（政治宣傳），以及莫斯科第一美女的微笑。

看了這個，真的就會勇氣倍增嗎？

我不知道。至少我現在需要的是真人的微笑，而不是圖畫。

——真夠窩囊的。

我被不知道是何方人士畫的壯麗天井畫俯視，走進門廳。

然後搭乘格柵電梯，投入硬幣讓身體跟著上升。

在這種時候，機械真的很值得感激。

如果必須爬樓梯的話，我一定會在途中裹足不前。

機械沒有這種問題。只會聽從吩咐，認真且孜孜不倦地幹活。

世界上也需要電梯的這種溫柔。

我下了把我送到目的地樓層的電梯，要求自己機械式地前進。

眼前有房門，有門鈴。不管是什麼時候，最後都必須由人下手。

我停下腳步，吸氣，吐氣，然後才終於按下了門鈴。

她睡了嗎？還是醒著？在練習嗎？如果是前戲就不好意思了。或者**已經搞上了**？

門鈴都已經叮鈴鈴地響了，我才開始考慮這些。我真是個無藥可救的大笨蛋。

「來嘍——哎呀。」

我感到沒臉見絲塔西婭。

開門現身的絲塔西婭看到我無地自容地站在眼前，不知道會怎麼想？

「丹納！」要不是她笑臉迎人地叫我的名字，我連一聲「嗨」都說不出來。

「真稀奇，這麼快就又來看我了。工作結束了嗎？」

她面露蓓蕾綻放般的笑容，出聲關心我。

我感覺到肩膀頓時放下了重擔。

我靠到了門邊。絲毫沒有窺探房間的意思。就算有誰在這裡，我也不在乎。

「沒有，正在搞罷工。不要告訴瑪麗亞同志喔。」

「丹納，你真是……拿你這人沒辦法。」

我回答「我知道啦」。被絲塔西婭這麼說，沒有人會不高興。

「那麼，現在呢？」

「嗯？」

「如果你腳已經好了，那就——……」

你們能了解我是如何努力動用所有理智，才能張口說出下一句話嗎？

「我說了，我正在搞罷工。」

面對絲塔西婭水汪汪的眼眸能講出這種話，可見我還挺有骨氣的。

我可以的——應該吧。無論是GRU還是MI6，我都應付得來。

「磨蹭太久會被瑪麗亞抓到。來看看妳而已，我要走了。」

「至少也該先跟我聯絡一下啊，害我什麼都沒準備。」

絲塔西婭如此說道，噘起嘴唇。

我低語了一句「抱歉」。如果真的那麼做，我大概已經變成軟腳蝦了。

——抱歉了，伊凡。那次對你來說完全是飛來橫禍。

但是，我很慶幸沒趁你回來的時候下手。

「打擾啦，我該走了。」

我戴著手套梳理絲塔西婭的銀髮，趁著還有點骨氣時轉身背對她。這時——……

「丹納？」

「嗯？」

袖口被揪住，我轉過身。一雙手滑過來環繞我的脖子，她的眼眸靠得很近。

「嗯……」

嘴唇嚐到溼甜的觸感。舌尖輕啄般互觸，然後牽著絲分開。

「……呼，啊……」

絲塔西婭禁不住呼了口氣。燃燒的玫瑰色臉頰浮現出笑意。

「……要再來喔。我會準備好羅宋湯跟其他東西等你。」

真是沒轍，男人一旦被這樣寵溺，就只能認輸了。

我勉強點頭回聲「好」，接著說道：

「到時候，幫我準備熱的。」

◆

『……傷腦筋。丹尼拉·庫拉金。這傢伙真是太造孽了。』

絲塔西婭聽著老婦人在電話另一頭發出的嘆息。

除了**家人**以外，老婦人是她在這世上最信得過的人。就連對家人無法啟齒的事，也能對她說。

絲塔西婭相信她的回答是無可替代的正確答案，默默地等她開口。

老婦人——皮斯孔夫人似乎也感覺到了，『聽好了。』和藹地說。

『要追隨他也行，安分等待也行。不能說哪一個才是正確答案，但絕不能成為人家的負擔，知道嗎？』

她將聽筒線纏在手指上把玩。感覺得出來老婦人在電話另一端微笑了。

『男人天生就已經夠傻了。別讓傻子想著做傻事，要笑著對他說「你真傻」。』

「……是。」

後來又講了幾句話——絲塔西婭輕輕放下了聽筒。

她轉過身來環顧房間。眼睛看向剛剛他還站著的門口。

屋裡有著豪華家具與床鋪。以及從很久以前就始終如一的小小茶炊。

「——丹納……你真傻。」

◆

這天，亞當．阿德洛瓦少校用手指敲敲VAZ—X豪華轎車的座椅說道：

「麻煩你了，司機。今天是跟孩子們談太空的重要日子。」

「好、好的……」

在前面駕駛座握著方向盤的部下緊張地回答。

怪不得他。畢竟他的職責就是把人準時送達目的地，而現在已經延誤了。

我們祖國不可能出現塞車這種惡習。

然而，今天的和平大街——純屬例外地變得壅塞不堪。

都已經看見太空征服者紀念碑了，通往正下方的航天博物館的這段路卻像是沒有盡頭。

不知道還要花多久時間才能抵達目的地。這麼一來也只能呆望著窗外了。

望著一排排的車子淹沒道路，猛按喇叭，寸步難行的這片光景。

「在莫斯科少有這種場面。小姐，這可是難得的體驗喔。」

但是，沒什麼好不滿意的。因為身旁有美女作陪。光是這樣，就足夠讓亞當少校這個人滿意了。

「很遺憾，這在倫敦是家常便飯。」

坐在他身邊——盡可能保持距離——身穿高貴禮服的富家千金如此回答。

這件黑色基調的華美禮服，講得明白點，跟蘇維埃聯邦一點也不搭調。

但是穿它的人有著白裡透青的肌膚，搭配宛如陶瓷娃娃的美貌。

跟這樣的美女同乘一輛車，亞當少校的心情自然愉快。

當然，這並不足以保證她也同樣有個好心情。

「話說回來，你似乎特地選在這種時期辦演講？」

「障眼法啊。」

亞當少校大膽地回應她帶刺的語氣。

「照常過日子反而不會啟人疑竇，對吧？」

「已經被懷疑的情報員這麼做也沒意義吧。」

富家千金明擺著一副傻眼的態度，話語鋒利地講了一句。

「之後你打算怎麼做？」

「這問題該由我來問。『水族館』與『機關』都已經展開行動了。」

「求美國佬幫你如何？如果你想跟亞歷山大・莫吉里尼一樣住進豪宅的話。」

「真是不留情面。」

亞當少校如此喃喃說道，語氣卻顯得樂在其中，還故意聳肩給她看。

態度擺明了認為自己不比一百八十年前的冰上曲棍球知名選手差。

「不過嘛，關於尋求政治庇護這點我也同意。越過鐵幕，前往巴黎、多佛與倫敦。」

「你應該先擔心自己能不能活著離開莫斯科才對。」

「這是防彈車，不用太擔心。」

亞當少校如此說道，在豪華轎車的高級皮革座椅上舒服地伸展四肢。

撫摸座椅的動作就像愛撫女性肌膚般輕柔，甚至略嫌下流。

把女人帶上床的時候，一定也是保持著這種自信十足的態度吧。

只是這似乎讓黑衣千金感到相當不愉快。

「……你得不到出境許可的。」

「可想而知。」

「應該趁事情演變至此之前逃去瑞士的。」

「沒什麼，真有個萬一，用**機體**突破邊境就是了。」

亞當少校說得十拿九穩，發出快活的笑聲。

可憐的司機嚇得不住發抖，但這似乎同樣逗樂了亞當少校。

黑衣千金終於懶得再隱藏，失禮地呼出傻眼的嘆息。

「你平常就是這樣嗎？」

「在女士面前的話。」

這聲鬱悶的嘆息，被亞當少校闔起一隻眼輕輕帶過。

「空軍部隊裡也有一個。另外還有個我深愛的女子。烏克蘭酒店的名伶。」

「……不會告訴我你想把這位小姐也一起帶走吧。」

「當然是有此打算。」

黑衣千金沉重地閉口不語。她傻眼到無言了。也有可能是大受感動。

不管怎樣，亞當少校都會往自己喜歡的方向解釋。

因為女人到了最後，終究都會是**那種反應**。

「妳看過她的演出嗎？就算在倫敦西區演出莎翁的劇也不會不如人。」

雖然她神情總是冷若冰霜，但聽到這件事一定會立刻冰消凍解——……

富家千金似乎已經懶得再聽亞當少校的成篇情話。

「關於人才評估的品行項目，也許我需要做點建議了。」

「我已經因此被拒絕轉任你們的單位了。歡迎重新審評。」

「那就表示評估做得十分恰當。」

富家千金動作優雅俐落地推開車門，讓黑色長靴的腳尖碰觸冰凍的街道。

莫斯科的寒風吹動她的秀髮，為車內送入一股甜香。

「好吧，只要你能交出成果，我也不用再多說什麼了。」

「〇〇六號女士，我想問妳。」

她頓時停住了動作。

「有傳聞說妳是海軍陸戰隊突擊隊出身，這是真的嗎？」

「不予置評。」

「那麼，告訴我妳的名字吧。瑪莉．古傑特少尉？」

「名字？」被稱為〇〇六的女子，像隻鯊魚般微笑了。「那一定是叫薇絲朋吧。」

〇〇六號繼而轉向亞當少校。「你想耍帥是可以。」嘴唇如此呢喃。

「但**那男人**也不是只死過一兩遍唷。」

最後〇〇六號就像個頑皮的千金小姐那樣，輕快地奔下了車子。

「你多保重。」

她的黑色禮服照理來講應該顯得突兀，卻轉瞬間融入莫斯科的人群，無影無蹤。

亞當少校像是看見幻覺般用視線追逐那身影，最後死心似的喃喃自語：

「好吧，也罷。」

如今他腦中惦記的，已不再是連一點體溫都沒留在座椅上的她。

他唯一在乎的，就是今晚依然在酒店最高樓層盼著他到來的莫斯科第一美女。

他將會給孩子們來場演講，前往酒店，對她傾訴愛意。

然後告訴她，讓我們攜手前往西方吧。

到時候，那個冰山美人不知道會露出何種表情——……

光是想像那一幕，亞當少校的下體就會勃然奮起。

但是無論如何，他都得先前往博物館，把工作做完才行。

「可是現在卻——到底怎麼會塞車塞成這樣？」

說時遲那時快，亞當少校的耳朵聽見了槍聲。

◆

「去死吧，畜生！」

「嗚啦——！」

一群穿愛迪達的年輕小夥子，一手拿著卡拉希尼柯夫邊吼叫邊衝到路上。

每個都想發揮個人特質卻變得毫無特色的他們，鬼吼鬼叫著到處亂開槍。

各位善良老百姓想必大感吃不消，但我卻想感謝老天。

若不是這麼做，在我們祖國塞車可是難得一見的場面。

除非我請瑪麗亞對交通管制局動手腳。

「但話又說回來，我是不知道這叫演習還是拚命火拚——……」

那黑幫老二的排場也真大。不曉得他打算怎麼收拾殘局。

總之都和我無關。我有付錢。其他事情不用我管。

我從暗巷裡瞪視ＶＡＺ—Ｘ，具有太空時代洗鍊造型的豪華轎車。

像那樣極具特徵的車子真好，省得我找半天。

就算知道了日期與地點，也不是這樣就能搞定了，這可不是小孩子的跑腿任務。

假如亞當少校偏好不顯眼的老土車款，我還真不知道該怎麼辦才好。

再說了，沒錯。當那輛轎車在車陣中打開車門時，就連我也不禁一陣慌亂。然後當我看到下車的是個穿黑色禮服的女孩時，有兩件事讓我放了心。那女孩的年紀跟瑪麗亞或諾拉差不多。我倒是有點想買那種禮服給她們穿。她的長靴鞋跟踏出悅耳的喀喀聲，看都沒看巷子裡的我一眼就走了。頭髮散發的幽香應該是香水吧。像洋娃娃一樣的小姑娘。這裡很危險，妳快跑吧。

——我可不想把妳捲進來。

那司機呢？只能請他當作自己倒楣了。

我的心情由我決定。更何況既然會來做這一行，就是無可懷疑的社會底層。

「Давай, давай, даваааай！」

「該死的東西！」

我漫不經心地望著那群互相怒罵開火，穿愛迪達與耐吉的混混。

他們開心就好。不曉得那種人生態度是輕鬆自在，還是吃足苦頭。

就從揮動槍枝飆罵開槍這點來說，跟我的所作所為其實差不多。

他們如果表現得好，是否就能在黑幫當中往上爬？

能得到老二、顧問或老大的讚賞嗎？

我一點概念也沒有。大概一輩子都不會懂吧。

——一句話，關我屁事。

言歸正傳，我看時機差不多了，便把手塞進旁邊的馬口鐵桶裡。

我從結凍垃圾裡找到我要的大傢伙，把它扯出來扛在肩膀上。

然後瞄一眼後方做確認。沒有牆壁也沒有人。那就安心啦。

眼睛湊向瞄具，司機看到我的武器與射擊線，連滾帶爬地下了車。

真是個聰明人。畢竟這玩意可是我的祖國最偉大的發明之一。

並且也是已逝的齊奧爾科夫斯基先生研究成果的末代子孫。

其名為Ручной противотанковый гранатомёт。

「看清楚了，小子！」

我喊出一聲，發射了RPG。

榴彈伴隨著爆炸聲以每秒一百一十五公尺的速度飛衝而去，只消一眨眼的工夫就打中了轎車。

但我沒辦法親眼目睹。因為視野都被白茫茫的噴射煙霧覆蓋了。

榴彈貫穿轎車的裝甲刺進引擎，引爆橙色火焰穿入其中。

車子不會像電影那樣炸飛，或是在半空中轉來轉去。

而是直接當場爆炸。

汽車造型的豪華火堆就這樣完成了。

「什麼狀況！」

「簡直瘋了！開什麼玩笑！」

「別鬧了，我可不想遭殃！」

我望著一團混亂急著下車逃跑的群眾，呼出一口氣。

然後毫不猶豫地把功成身退的發射裝置扔進了垃圾桶。

它的要價不低，留著以後再用是可以，但我可不想抱著這玩意跑步。

「永別啦，亞當少校。」

我調查你的行程，取得ＲＰＧ，委託黑幫大鬧一場，引發了塞車狀況。

大把鈔票沒白花，我沒看到ＭＩ６的人影，但要是看到的話我早就完蛋了。

好吧，只有ＭＩ６的話還有勝算——……

真是的，這還算人話嗎？只有ＭＩ６的話還有勝算？

「我又不是伊利亞・穆羅梅茨上尉……！」

我邊罵邊從垃圾桶裡挖出事先藏好的波波沙，衝到道路上。

我的工作還沒結束。接下來得設法弄到檔案才行。

我鑽過不知道是正在驚慌逃命還是想趁火打劫的喧鬧群眾，繼續奔跑。

就算跑到心臟破裂也不在乎。我有點後悔沒做機械化手術。

我就算是累死也得繼續跑——這關乎絲塔西婭的性命。

沒什麼，我有收錢。收多少錢辦多少事啊，丹尼拉．庫拉金。

就在我一個勁地奔跑時，一台GAZ卡車從我身邊疾駛而過。

我忍不住用掉了寶貴的一瞬間，目送那輛車駛去。

「——嘖。」

一定是因為那個戴著雪地墨鏡的司機，以及從貨斗對我揮手的黑色短髮女孩……

不知為何，都讓我覺得眼熟的關係吧。

◆

沒有一個莫斯科市民知道阿爾巴特是何許人也。

但誰都知道阿爾巴特街是莫斯科歷史最悠久的街區。

被拿破崙燒毀之後重建的古老建築，與我們祖國新建的房屋形成了斑駁花樣。

而且還仁慈地保障了行人安全，所以任何汽車一律禁止駛入。

在這種時候，沒有比這更令人感激的事了。共產黨萬歲。

目標地址已經記在腦子裡了。軍人高級住宅。位於最高樓層的頂層公寓。

「站住！出示你的身分證……！」

「這就是我的身分啦！」

門口的警衛——軍人還需要警衛嗎？嗯哼——被我用波波沙的槍托揍倒。

不巧的是我沒有國內護照。你就將就一下吧。

我探頭看看電梯。收費式的，很乾淨。我投入硬幣，按下按鈕。

當然是按下所有樓層。

然後迅速趕往樓梯，氣喘吁吁地往樓上跑。

所謂的軍人是連樓梯也保持乾淨，還是都偷懶搭電梯？

我看是後者。因為我上樓的過程中沒碰到任何人。

我跳過最高樓層前往屋頂，沒調整呼吸就直接推開鐵門。

——天空。

灰色雪片飄落的天空冰冷得刺骨。比從地面看起來近太多了。

即使戴著頭套仍然擋不住呼氣，氣息發白。心臟幾乎快要破裂，但我繼續跑著。

頂層公寓。我看看門牌。阿德洛瓦。看來不用到別人家裡行竊了。

我有點能體會把家蓋在屋頂上的心情。感覺一定很爽。

但在我們祖國，就算住的是頂層公寓也還是那幾種門鎖。

我從口袋裡拽出鑰匙，試過兩、三把之後找到對的，踏進別人的家。

「不過，這也太——……」

雖說沒那麼多間房間，但這哪裡是軍官的家，根本是給將軍住的。

土耳其式的奢華地毯。黑檀木家具。酒類以及……沒錯，不分東洋西洋的音樂唱片。

當然不是肋骨唱片或盜版貨。不是走私就是沒收來的。

也有那個叫爵士的女人的唱片。上面寫著JAZZ所以一定沒錯。

我把它從架上拿下來，鼻子哼了哼。乾脆帶幾張回去好了。

亞當少校……我無意批評死人的喜好，但這整體讓人感覺品味很差。

每樣東西都一眼就能看出是昂貴的高級品，但也就這樣了。

跟絲塔西婭完全不同。整個屋子布置得就是只講求高檔和氣派。

不，也不是說我就很有品味。

我如果有錢，搞不好也會把屋子布置成這樣。

「總之呢，不見MI6的人影就對了。」

我的品味等我活下來再考慮吧。能奪得先機真是太好了。

我飛快掃視整間屋子之後，第一個先從鞋櫃下手。

每一隻擦亮到可以當成鏡子的黑皮鞋，都被我用槍托把鞋跟打壞。
全部結束之後踏進客廳，打壞時鐘，然後輪到卡帶收音機（手提音響）。
無線（Radio）的收音機（Radio），真是個冷笑話。
還有比我能弄到的更高檔的留聲機也是。我很想摸走，但拿不了那麼多東西。
舶來品的皮革沙發也拔出小刀割開，檢查裡頭。
然後是書櫃。我把每張唱片都從紙套裡拿出來丟到一邊，外文書隨手一扔。
書櫃上還有一個相框，莫斯科第一美女沉靜端莊地微笑。
我把它拿起來，抽出裡面的照片，把相框砸在地板上摔壞。
微縮膠片可以藏在任何地方，實在棘手。
「該死，這些間諜真是……！」
我煩躁地瞪著掉在地板上，電線還連著的時鐘數位管。
沒時間了。也許我只不過搶先對方一瞬間而已。也或者已經落後一步了。
那些間諜會不會已經搜過這個家，把想要的東西帶走了？
一想到這點，我內心一陣顫慄。就好像耗在這裡的每一秒，終局都在步步逼近。
我在這種地方幹什麼？
沒必要特地陪這些傢伙玩。開溜就對了。不，是應該開溜。

不想死的話就該這麼做。沒什麼好猶豫的。可是我卻——……

「……」

我深吸一口氣，吐出來。

然後，我想了一下我在這種地方幹什麼。

首先在屋子裡翻箱倒櫃就很奇怪。

我以前把托卡列夫藏在哪裡？我根本就沒有特地把它帶進家中。

連一個在人孔地窖長大的孤兒都想得到的事，亞當少校會想不到嗎？

「……嗯哼。」

我丟掉手上的唱片，一直線走向玄關。

這扇乾淨漂亮的門才剛被我打開。門牌。阿德洛瓦。

我毫不遲疑地舉起槍托，往它搥下去。

伴隨著碎裂悶響，門牌悽慘地變形彈飛。

我把它撿起來，滿意地點了點頭。背後黏著黑色的微縮膠片。

這樣就結束了。只要把這玩意交給「機關」，什麼都好解決。

「……但願接下來什麼事都別發生。」

——當然，沒那種好事。

下個瞬間，我名符其實地被轟飛了出去。
撞擊般的強風颳起的瞬間，我連同半毀的門板一起撞進了室內。
還以為被車撞了。這裡可是大樓屋頂耶？身體被硬生生摔在地板上，隨之彈跳。
「該死……！」
全身痛到好像骨頭要散了。但是不快行動就真的會被大卸八塊。
我把手撐在被我自己弄得一團糟的地毯上，翻滾著站起來。
「不准動。」
「……唔！」
但手背被一道紅光無聲地燒穿。沒慘叫出聲已經很了不起了。
我呻吟著以反射性動作向後跳開，不過說話的人沒趁機補我一槍。
那傢伙——那個男人，帶著火藥、金屬與汽油燒焦的氣味，就站在那裡。
本來上好的軍服如今被撕成碎布，燒得焦黑，原形盡失。
鉻金屬的眼瞳瞪著我，倔強的嘴角浮現冷酷微笑，簡直像個劊子手。
而他的手裡，握著銀光閃閃的雷射槍。
我從小在科學冒險雜誌上看過好幾次。但這是第一次親眼見到。
「原理是用鋯與金屬鹽的化合物電氣點火。是給太空飛行員自衛用的。」

男人注意到我的視線，講話口氣簡直像個小鬼在炫耀自豪的玩具。

跟波波沙與托卡列夫差得遠了。

「……真不賴。」我不屑地說。「這玩意花了你多少錢？」

「差不多六百萬吧。」

「美金？」

「英鎊。」

男人如此說道，向前彎折雷射槍的槍身，退掉彈殼。

然後喀嚓一聲歸回原位，拉動槍機裝填下一發彈藥。

但是不用我說，在場最要命的並不是什麼雷射槍。

亞當·阿德洛瓦空軍少校。

藏在半融化人工皮膚底下的鋼鐵肉體暴露在外，不死之身的男人就在我眼前。

直到現在，我才明白這傢伙試著挾帶的軍事機密到底是什麼。也終於明白為什麼MI6沒有出現。

——因為**這傢伙就是軍事機密**。

◆

「我可以抽菸嗎？」

「請便。」

亞當少校似乎沒在聽我回答，從口袋裡拿出了銀色菸盒。

他耍酷地把聯盟牌香菸的濾嘴壓扁叼在嘴裡，用雷射槍的槍口點菸，享受地呼出煙霧。

你要來一根嗎？附紙濾嘴的香菸遞到我面前，我搖搖頭回絕了。

「我很注重健康。」

「是嗎？」

我一邊調整呼吸，一邊勉強重整態勢，直瞪著亞當少校。

本來以為他會開槍打我，但亞當少校似乎無意這麼做。

他信步在室內走動，好像在巡視一間被小孩子惡作劇過的房間。

看到弄得亂七八糟的書櫃藏書，以及被砸壞的卡帶收音機，他略微挑眉。

——唉，這很貴的耶。

於是亞當少校靠到牆邊，瞥我一眼說了：

「好了，你的目的是什麼？」

告訴爸爸，你為什麼要這樣調皮搗蛋？

我稍微想了想，因為不想挨罵於是決定誠實回答。

「為了賺生活費吧。」

「真是無聊。」

「會嗎？」我諷刺地笑了，聳了聳肩。「我也就這點能耐了。」

「還以為你是家人被抓去當人質了呢。」

我沉默了。

沉默就等於是給予對方明確的答案，但我不爽說出口。

亞當少校呈現金屬質感但依然不減魅力的臉頰浮現笑意，悠閒地抽菸。

就像在跟自己請進家門的客人，享受晚餐後的對話。這麼說還算貼切。

「關於你的來頭，我可以猜到八成。」

「……畢竟怎麼看都不像是正規人員嘛。」

「以一個『清理人』來說，也太不會收拾房間了。」

愉快說著話的模樣，怎麼看都不像是真面目被揭穿的凸槌間諜。

如果找到威士忌酒瓶的話，搞不好還會請我喝一杯。

「話雖如此，你的手法比我想像得更大手筆。坦白講，我很驚訝。」

「你不也差不多嗎？」

我處處提防，謹慎地回話。調整呼吸。左手陣陣抽痛。

我在想現在該怎麼做——就跟平常一樣。因為我的能力有限。

「你是從和平大街超音速一路跑來這裡的吧？」

「那當然了。我得追上你才行。」

所謂的諜報戰呢，就像玩撲克牌，關鍵在於情報洩漏的拿捏。

亞當少校如此說道，就好像在解說自己想出來的惡作劇手法那樣，張開了雙臂。

不對，不是好像。事實上，這傢伙就是在透露祕密。

「GRU、KGB與CIA的教條大多已經曝光。多虧於此，MI6才能夠幹得更漂亮。」

「……為什麼跟我說這些？」

「就算是愛搞排場、脫線又引人注目的諜報人員，也有享受武力偵察任務的權利啊。」

生活多不易，人生多艱辛。

有時候就像現在這樣，會突然有個完全機械生化兵出現在眼前。

我踩踏地板上的唱片確認腳邊狀況，像是在確認自己還活著的事實。

真要說的話，剛才的第一擊就該讓我變成碎肉上西天了。

可是卻給了我兩下。我還活著。目前還活著。為什麼？用膝蓋想也知道。

——我必須讓這傢伙繼續說話。

因為一個能動得比音速更快的傢伙，必須停下來才能跟烏龜對話。

一秒後就能要我的命。所以就算陪我聊聊天也不會怎樣。必須讓對方這麼覺得，否則我就死定了。

也許要像這個男人一樣大膽傲慢，反而才更適合當間諜。

我打算把亞當少校徹底逗樂。

「喂，這是你女朋友嗎？」

「嗯？」

我動作緩慢地摸了摸口袋，以免他以為我想拔槍。

然後把一張表情沉靜有如夜空星辰的美女照片丟給少校。

「她真漂亮。」

「是啊，她是莫斯科第一……我的最愛。」

亞當少校接住它，像是在對照片中的女性傾訴愛意般這麼說，把它收進胸前口袋裡。

我謹慎地測量自己與靠著室內暖爐的少校之間的距離，同時繼續進行對話。

「這麼說希望你別介意。」

當然了，用詞遣字也得慎重。我先賠個不是，然後問道：

「我還以為你是客人那一類的呢。」

「你真沒禮貌。」

看來亞當少校把我的這句話，當成了說進心坎裡的玩笑。

但我可沒那個意思。

「我從沒付過錢。我與她之間的感情，比那種俗氣的東西崇高多了。」

我沒把亞當少校的話聽進去，挪步靠到被我自己割得破破爛爛的沙發旁。

面對雷射槍的威力，這玩意能當成掩體嗎？只能心懷期待了。

我瞄了一眼時鐘。數位管在閃爍。

「她有吻過你嗎？」

「我不知吻過她多少遍了。」

「也就是說——」

我笑了。

「你從來沒**被她吻過**。」

「——」

亞當少校的面具剝落了。

少校一言不發地拿掉香菸，按在鋼鐵手背上捻熄。

看來他那隱藏在假裝從容態度下的臭架子，被我迎頭痛擊了一拳。

但這同時也意味著我的死亡。

憑我的肉眼，實在追不上生化士兵高速轉位的動作或攻擊。

如果是比這些更快的雷射槍閃光，就更不用說了。

「『暴雪』……！」

我一邊喊著可愛的守護天使之名，一邊撲到了沙發後面。

我之所以沒變成碎肉，或許是因為少校在考慮要怎麼殺我。

不然也有可能是我往他發射的ＲＰＧ，讓機體發生了一點小故障。

或者是——……天花板灑水器應聲噴水造成的影響。

「混帳，你死定了！」

火花四濺的亞當少校大聲怒罵。冒著大雨進行高速轉位就像撞進鋼鐵牆壁一樣。

我撐過破爛沙發被衰減熱線割開的短暫時間，接著探出半個身體。

「試試看啊！」

我像拿水管灑水那樣用衝鋒槍掃射。光線冒出水蒸氣，燒灼了空氣。

凍人的風雪從破裂的窗戶灌進來，澆灑的水花像針扎般刺痛。

雷射槍這玩意能開幾槍？數也是白數。我又不是超級士兵。

「那傢伙是頭豬。」我用發乾的嘴巴喃喃說道。「我才不怕他。」

我聽見亞當少校彎折雷射槍槍身的聲響。拋殼，重新填彈。

我即刻操作波波沙，用抽痛的左手抓住了**它**。

「保重！」

我從沙發把金屬塊丟向房間中央，同時伸手用波波沙對準前方。

亞當少校的雷射槍與我的波波沙，我也不知道究竟是誰快。

大概是少校的雷射槍快吧。但不管怎樣結果應該都一樣。

「——唔！」

無論是在水花中衰減的雷射，還是波波沙膛室裡剩下的一發，都足夠射穿**彈鼓**。

爆炸的彈鼓如同臨時手榴彈。

往四面八方散播的七．六二毫米托卡列夫手槍彈，形成就算是高速轉位也躲不過的大範圍攻擊。

我即刻從沙發後面衝出來。拋開波波沙，拔出腰上的托卡列夫。

「————！」

我以雙手瞄準。雷射槍向上一揚。閃光燒灼著眼睛。我扣下扳機。

我的背後沒有熱水管。那傢伙背後也沒有。亞當少校的銘眼看著我。

——嗯，我就說吧。

趁對方去找女人之前下手最好。

亞當少校的腦袋大幅後仰。我繼續開槍。開槍。開槍。開得夠了。

十五歲的小鬼當時應該是不假思索吧。但現在的我，槍槍瞄準大腦與脊髓。

生化士兵是殺得死的。就算用RPG打不死，打爛腦袋就能要了這些傢伙的命。

而要讓他們腦漿與髓液塗地，八發的填彈數就綽綽有餘了。

在傾盆的大顆水珠之中，我呼了口氣。氣息變成白煙。視野變得模糊。

在連硝煙也旋即被沖散，糟蹋得一點不剩的房間中央，亞當少校就在那裡。

癱軟的手腳病態地痙攣，無頭的故障人偶，廢鐵一塊。

妨害工作加上彈藥。砸下重金才好不容易收到這種成果。不知道這傢伙的價碼夠不夠我回本。

我慢慢走向他，跪在慢慢被沖淡的血灘之中，翻找他的胸前口袋。

照片中的冰山美人，擺出我從沒看過的表情。我把它搶回來，小心不讓它被血浸淫。

「最起碼只要多出一盧布，就是我贏了。」

© Noboru Kannnatuki

你自找的。

◆

話雖如此，來到盧比揚卡廣場的我也沒瀟灑帥氣到哪去。

我眼觀四面提高戒備，偷偷摸摸地匍匐前行，抵達廣場時已經快把我給累癱了。

「機關」——玩具店隔壁的ＫＧＢ本部大樓門前，停著跟上回一樣的黑色伏爾加。

車旁站著還是一樣既特徵明顯又沒特色的黑衣男子。

「同志，你來啦。」

男子的聲音像是用冰塊削成般有稜有角，並有著同等程度的冷漠。

「看來你沒被**塞車**困住。」

「勉強脫身了，同志。」

我是判斷不來，不過對方說不定跟之前遇到的是同一個男人。

ＫＧＢ的人員基本上都是這樣。

全是一個樣。所以就算我把這人當成熟人看待，也沒有問題。

「應該說既然知道，怎麼不幫點忙呢？」

「我們也是有很多敵人的，同志。」
黑衣男子與我保持一定距離，站到了我身旁。
兩人一起將視線拋向黃昏時分的莫斯科，漫不經心地眺望。
灰色的天空，灰色的城市，灰色的雪。這些在夕陽的暈染下，覆上些許紅黑色的陰影。
我聽見黑衣男子輕呼了一口氣。
「同時對付三個組織是份苦差事。」
「總比邊工作邊心驚膽戰地害怕○○級探員出現來得好吧？」
「那你要跟我換嗎？」
「免了。」
我們陰鬱地笑了起來。我不知道這男人實際上做了多少事。
但是，總之就是有做事。
彼此都累壞了，絲毫沒有關懷對方的心意。
「更重要的是……」
「我知道。」男子立刻說道。「莫斯科小姐的安全會得到保障。」
我很不爽。所以我不肯罷休，再補上一句：
「還有我的弟弟與兩個妹妹。」

「放心吧。他們目前沒有政治上的價值。」

「毋寧說——」黑衣男子語氣變得和善了一點。

「**你們**的用處已經得到了充分的評價。」

「……嘖。」

我低聲咋舌。我沒蠢到聽不懂男子話中的意思。

我在防彈衣的口袋裡翻找，拿出了大小可以捏在指尖的微縮膠片。

我把這玩意直接丟給黑衣人，男子看都不看就抓住它，收進口袋裡。

「還有其他事嗎，同志？」

「……沒有了，同志。」我搖了搖頭。「祖國萬歲。」

黑衣男子對我點了個頭，坐進黑色伏爾加。

大概是要去下一個地點，做更多的工作吧。

望著排出廢氣開走的黑色汽車車尾，我低喃了一句：

「沒什麼好抱怨的。」

接著，我緩緩旋踵向前走去。

我扒掉黏在臉上的頭套。冷空氣銳利地刺在臉頰上。

我很清楚自己為什麼能夠一路平安抵達這裡。

這不是我一個人能應付的狀況。就憑那個黑衣人大概也不行。

繞到大樓背面，一輛ＧＡＺ的全新卡車停在那裡。

旁邊站著三個無所事事的小蘿蔔頭。

神色有點尷尬的男生。低垂著頭的黑髮女生。一臉得意的黑髮女生。

兩個女生長得活像一對雙胞胎，只是頭髮長度不一樣。

我呼出一口氣。

「好痛！」

「啊嗚！」

「喵嗚！」

三人各有不同反應。被我一戳額頭，每個人都叫了出來。我的弟弟與兩個妹妹。

大概在莫斯科奔走了一整天吧。或者是更久以前就開始了。

我想說點什麼，但並不是想抱怨。我深深吐出一口氣。

「……吃過飯再回家吧。」

我的弟弟與兩個妹妹你看我，我看你。

就好像不懂我這句話的意思似的。

大概是以為會被我臭罵一頓吧。真想告訴他們怕挨罵就別做。

但我沒罵人，而是這麼說：

「想吃什麼我請客。」

「那我要吃漢堡！」

第一個嚷嚷的果然是諾拉。

她就像貓咪找人玩鬧那樣撲過來，抓住我的手臂。

「新開在普希金廣場的那家美國餐廳！」

「喂，那家超貴的，而且排隊要排很久耶！」

妳好歹客氣一下吧。瓦列里提出抗議。「怎樣啦！」諾拉發出威嚇。

「沒關係。再幫你們點杯可樂。不是朱可夫，是有顏色的那種。」

我一邊隨便應付諾拉，一邊對瓦列里這樣說。

然後又補充一句，咧嘴笑了。

「但車子讓你來開，所以不能喝酒。」

「真沒辦法，既然大哥都這麼說了。」

瓦列里笑著用拇指擦了一下鼻子。耍帥地戴上雪地墨鏡。

「好啦，諾拉。快上車，去坐貨斗！」

「什麼——！我說瓦列里，你竟然叫女生去坐貨斗，剛才也是，你會不會太誇張了啊？」

「總不能讓大哥跟大姊去坐貨斗吧？」

「是沒錯，但我不滿意你講話的口氣！」

瓦列里與諾拉叫個沒完，一邊開心地拌嘴一邊坐上卡車。

我對著依然低垂著頭的妹妹，擺出沒怎麼放在心上的態度，出聲說道：

「瑪麗亞也吃那個就好嗎？」

「丹納哥……」

我老妹盯著我的左手看。

手套燒得焦黑，露出之前跟「醫師」借的止血凝膠與繃帶。

瑪麗亞忸忸怩怩地說：

「那個，我……」

「那就決定啦。」

「呀……！」

我用左手把瑪麗亞的黑髮摸得個亂七八糟。

不是小時候那頭油膩膩的髒髮。是梳理得漂漂亮亮的一頭秀髮。

「哦，對了。我買了一張唱片。」

最後我把被我弄亂的黑髮梳整齊，手收了回來。

眼角微微泛紅的妹妹，像是悄悄觀察我的神色般抬頭看我。

「改天撿台留聲機回來，妳再幫我修好吧。」

「……唔！」

瑪麗亞用力擦擦眼角後，大動作點了一個頭。

「好……！交給我吧，丹納哥。」

我跟她說聲「拜託妳嘍」，往卡車的副駕駛座走去。

我跟瑪麗亞擠副駕駛座。雖然可能有點窄，就請她將就一下吧。

或者乾脆先讓瑪麗亞上車，把她擠在中間好了。

諾拉在貨斗上催著快點快點，瓦列里已經發動引擎了。

工作結束，吃個漢堡後回家。這就夠了。

再來也許可以順道買點波蘭甜甜圈回家。哦，不對——……

「哥？」

瑪麗亞捏著我的袖子抬頭看我。我搖搖頭。

「沒什麼……」

我發現自己忽然很想來顆糖果，笑了起來。

◆

「……丹納，你累不累？」

「我沒事，絲塔西婭。」

在鋪著白色床單的床上，聽到絲塔西婭的聲音，還能有其他回答嗎？

我毫不客氣地伸展四肢放鬆休息，只轉動脖子望向絲塔西婭。

她笑瞇瞇的不知道在高興什麼，正在收拾剛才享受過的紅茶茶具。

欣賞緊身褲描繪的稜線搖晃的模樣，是我人生當中最棒的景緻之一。

當然了，其他還有幾種同樣最棒的景緻。難分高下。

「這次的工作是很累人沒錯。但都結束了，沒差。」

「……這樣啊。」

絲塔西婭簡短地低喃，叮噹一聲放下茶具，轉向這邊。

然後走到床邊，不發出一點床墊擠壓的聲響，在我身旁坐下。

「辛苦你了，丹納。」

聲音恬靜。白皙的指尖伸過來，疼惜地撫摸我包著繃帶的左手。

就近感覺到的溫暖、體重與柔軟觸感。我該怎麼形容這一切？

沒念過書的我，不管說什麼似乎都會顯得輕浮。

即使如此，我還是有話可以說。

「……………唉，辛苦算是有代價啦。」

我得以看到她俯看我的這副表情。只有這件事再真實不過。

我定睛注視絲塔西婭的眼眸。她的眼中映照著我。我笑了起來。

「這下可以在家裡聽一個叫爵士的歌手唱歌了。」

「爵士？」絲塔西婭偏偏頭後「哦……」微笑著說了。

「那個真的很好聽呢。雖然我也不是很懂。」

「對吧？」

對話中斷了。

沉默並不會讓我感到不自在。

雖然有很多事必須用語言溝通，但也有很多事盡在不言中。

絲塔西婭的手指撫摸我的手，溫柔地包住它，像是溫柔按摩般握住。

彷彿被輕咬的觸感難以形容，有點癢癢的，感覺很舒服。

「那麼，我也得給你一點獎勵才行了。」

「妳會不會太寵我了？」

「因為上次——」絲塔西婭眯起了眼睛。「已經對你嚴格過了。」

「太美妙了！」

「要先吃飯？還是——……」

「……讓我想想。」

絲塔西婭正準備起身時，我伸出右手，輕輕使力握住她的纖細手腕。

它細得像是一折就斷，白皙但紅潤且溫暖。

絲塔西婭的眼眸看著我。眼中依然映照著我。

我盡可能調整說話的語氣，讓它聽起來平靜如常。

「我想吃羅宋湯。放了一點料的那種。」

她眨眨眼，我看得出來理解的光彩漸漸在眼中擴大。

這讓我高興得不得了，而為了掩飾這份喜悅接著開口：

「在那之前，我該先吃點什麼呢？這位小姐。」

「……丹納！」

對話沒有再繼續下去。

因為絲塔西婭壓到我身上，唇瓣堵住了我的嘴。

「嗯……呼，啊……丹納……丹納……」

一遍又一遍，她呼喚著我的名字，對我灑下如雨的香吻。

我抱緊了她纖細、柔軟、溫暖、無人能比的身體。

用上我最大的力量，但小心不要碰壞了她。

「丹納……嗯，唔……啊啊，呼啊……啊，丹納……丹，納……」

那件事我非做不可。

我盡力而為，得到了這樣的結果。

以我來說算是表現得相當好了。

到頭來，我終究是拿錢幫忙殺人的「清理人」。

這樣一個「清理人」能為她做的事並不多。

賺錢、付錢、接吻。大概也就這樣了。

不——……

——還有一個，我可以去看她演戲。

改天找機會。改天找機會——總有一天。過一陣子就去。趁我還活著的時候去。

我一邊想著這些事，一邊沉溺在柔軟的潔白海洋裡，閉上了眼睛。

回報

「喂，同志，你聽說了嗎？」
「聽說了，阿德洛瓦少校遭人暗殺對吧……」
「背後有MI6、GRU、CIA與VVS……」
「……不，據說是『清理人』下的手。」
「就算真有其人，那人沒死才怪。」
——哎呀，我太小看他了，真的太小看他了。
置身酒吧的喧囂中，在吧檯傾杯的紅髮女子，瞇眼品嚐著燒灼喉嚨的美酒。
沒想到在那些相差無幾的孤兒當中，居然有人能以肉身幹出那種大事。
一開始只是想逗逗他。
該說是忙裡偷閒，還是搞罷工？儘管那麼做並不可取。
可是要怪得怪那份工作本來就好像不怎麼好玩。
碰巧有個男生來跟自己搭訕，於是她開個小玩笑，跟男生鬧著玩。本來只是這樣而已。

結果沒想到……真不得了。

——用的竟然是波波沙，還真是老派。

女子想起當時的光景，喉嚨發出輕巧的笑聲。

扔出電磁手榴彈之後，那個精彩俐落的撤退方式。身手不錯，判斷力也夠精準。

感覺似乎沒做機械化手術，她覺得憑肉身能做到那地步算很努力了。

當他墜樓扭到腳被追上時。

——真夠笨的。

她還笑了出來，但後來的重整態勢做得不錯。

可是，她以為就到此為止了。

結果黑幫趕來，從背後開一槍。原來他只負責聲東擊西。

儘管獵物被別人搶走了，她也不會現在才來在意工作實績。

扣掉這部分，可說是很充實的一段時間——她如此認為。

——就像賭博賭到一半，把整張賭桌翻掉一樣。這就是他的手法。

即使聽到他跟特種部隊或ＭＩ６交手過，她也不驚訝。

這並不代表那些組織很彆腳。他們當然都是狠角色。只是沒拿出真本事罷了。

假如ＧＲＵ認真起來，魔女之家的怪物早就出動了。那樣就沒戲唱了。

在沒拿出真本事，或是拿不出真本事的狀況下，他精明地穿梭其間。

有時會有這種行事機警的人物。在論斤賣的一流人才，多如牛毛的傑出人力當中。

——但是能存活多久，則另當別論。

「——莫斯科的暗巷也真是愈來愈有意思了。」

也不為什麼，女子從領口把項鍊拉出來，取出掛在衣服內側的一小枚戒指。

然後淺淺地吻了一下。

「你說是吧，伊凡？」

「老師」——紅髮的艾蕾諾拉如此說道，嬌豔地微笑了。

後記

大家好，我是蝸牛くも。

《莫斯科２１６０》，不知道大家還喜歡嗎？

這是我的心血之作，希望大家喜歡。

《大敵當前》這部電影當中，我喜歡的角色是裘德・洛飾演的瓦西里・扎伊采夫。

但並不是因為他很帥，或是因為他是個戰績驚人的狙擊手。

我喜歡他，是因為他是來自烏拉山脈鄉間的牧羊人之子。

是因為他沒想太多就從軍，手忙腳亂地上戰場打仗，一被捧為英雄又為此歡天喜地。

然後跟喜歡的女生偷聊將來的夢想，就是這樣的一個年輕人而已。

「社會課校外教學時看到罐頭工廠的大老闆覺得很帥，所以我也想成為工廠的大老闆。」

因為瓦西里就是個這麼單純的年輕人，所以我喜歡他。

後記

本作是我多年以前在網路上發表的作品。
故事背景、設定、登場人物與劇情，全都是擲骰子決定的。
所以丹尼拉．庫拉金與他的家人，真的都是在巧合中誕生。
我本來覺得他沒什麼了不起，看準他演沒兩段劇情就會死掉。
誰知道他這麼頑強，有著好狗運拚命撐下去，奔馳穿梭於城市中。
於是我就愛上了丹納與他的家人，以及莫斯科的市民。
能夠像這樣讓他們的故事問世，真的讓我感到非常高興。
從網路版一直支持到現在的各位讀者，以及「このやる夫スレまとめてもよろしいですか」網站。
有你們各位的支持與鼓勵，本書才能出版。感謝大家。
還有繪製精美插畫的神奈月昇老師。
以及負責漫畫版的関根光太郎老師。
也由衷感謝兩位的鼎力相助。
近年來，我想國際正面臨艱困的局勢。

我在看新聞時也常常覺得「這樣實在不太好」或是「真希望能早日找到解決方法」。
但是本作的宗旨並非在討論諸般政治問題，或是探討正邪之分。
假如有人從本作當中感覺到一些那方面的味道，恕我直言，一切純屬誤會。
因為《莫斯科２１６０》是一群拚命東奔西跑的人的故事。
因此，希望各位讀者也能以這種方式去理解。
關於第二集目前還沒有計畫，如果能推出的話，應該會是「魔女之家的怪物」的故事。
有些讀者可能已經知道了，就是他與她沒錯。但願能夠順利將這個故事送到各位手上。
那麼我們下次見。

國家圖書館出版品預行編目資料

莫斯科2160 / 蝸牛くも作 ; 可倫譯. -- 初版. -- 臺北市 : 臺灣角川股份有限公司, 2024.05-
面 ;　公分. -- (Kadokawa fantastic novels)

譯自 : モスクワ2160
ISBN 978-626-378-934-0(平裝)

861.57　　113003129

Kadokawa
Fantastic
Novels

莫斯科2160　1

（原著名：モスクワ2160 1）

2024年5月22日　初版第1刷發行

作　　者：蝸牛くも
插　　畫：神奈月昇
譯　　者：可倫

發 行 人：台灣角川股份有限公司
總　　監：呂慧君
總 編 輯：蔡佩芬
主　　編：林秀儒
副 主 編：楊鎮遠
設計指導：陳晞叡
美術設計：吳佳昀
印　　務：李明修（主任）、張加恩（主任）、張凱棋

發 行 所：台灣角川股份有限公司
地　　址：104台北市中山區松江路223號3樓
電　　話：（02）2515-3000
傳　　真：（02）2515-0033
網　　址：www.kadokawa.com.tw
劃撥帳戶：台灣角川股份有限公司
劃撥帳號：19487412
法律顧問：有澤法律事務所
製　　版：巨茂科技印刷有限公司
ＩＳＢＮ：978-626-378-934-0